A MORTE DE IVAN ILITCH

LIEV TOLSTÓI

A MORTE DE IVAN ILITCH

Tradução
Robson Ortlibas

Principis

Esta é uma publicação Principis, selo exclusivo da Ciranda Cultural

Traduzido do original em russo
Smert' Ivana Ilyicha

Texto
Liev Tolstói

Editora
Michele de Souza Barbosa

Tradução
Robson Ortlibas

Preparação
Fernanda R. Braga Simon

Produção editorial
Ciranda Cultural

Diagramação
Linea Editora

Revisão
Mônica Glasser

Design de capa
Ana Dobón

Ilustrações
Vicente Mendonça

Dados Internacionais de Catalogação na Publicação (CIP) de acordo com ISBD

T654m Tolstói, Liev.

A morte de Ivan Ilitch / traduzido por Liev Tolstói. 2. ed. - Jandira, SP : Principis, 2023.
32 p. : il. ; 15,50cm x 22,60cm.

ISBN: 978-65-5552-894-7

1. Literatura Russa. 2. Vida. 3. Reflexão. 4. Superação. 5. Felicidade. 6. Romance (gênero literário). I. Caramez, Júnior. II. Martins, Yuri. III. Título.

CDD 891.73
2023-1237 CDU 821.161.1-3

Elaborado por Lucio Feitosa - CRB-8/8803

Índice para catálogo sistemático:
1. Literatura Russa 891.73
2. Literatura Russa 821.161.1-3

1ª edição em 2023
www.cirandacultural.com.br

Esta obra reproduz costumes e comportamentos da época em que foi escrita.

1

No grande edifício do Tribunal de Justiça, durante o intervalo do julgamento do caso Melvinski, seus membros e o procurador reuniram-se no escritório de Ivan Egórovitch Chebék, e surgiu a conversa a respeito do caso Krássov. Fiódor Vassílievitch ficou exaltado, provando falta de jurisdição, Ivan Egórovitch manteve-se firme em sua opinião e Piotr Ivánovitch, que não participara da discussão desde o início, não tomou partido e folheava a recém-publicada *Gazeta*.

– Senhores! – disse ele. – Ivan Ilitch morreu.

– Será possível?

– Pois leia! – respondeu ele, entregando a Fiódor Vassílievitch o exemplar fresco, ainda cheirando a novo.

Estava escrito em destaque: "Com paz de espírito e tristeza, Praskóvia Fiódorovna Goloviná informa aos familiares e conhecidos da morte de seu amado cônjuge, Ivan Ilitch Golovin, membro do Tribunal de Justiça, ocorrida no dia 4 de fevereiro do ano de 1882. O funeral será na sexta-feira, à uma hora da tarde".

Todos adoravam Ivan Ilitch, que fora companheiro dos senhores ali reunidos. Ele adoecera havia algumas semanas; diziam que a sua doença era incurável. Mantiveram seu lugar, mas foi acordado que, no caso de sua morte, Alekséiev poderia ser nomeado para o seu lugar e Vínnikov ou Chtábel, para o lugar de Alekséiev. Assim sendo, ao ouvir sobre a morte de Ivan Ilitch, o primeiro pensamento de cada um dos senhores reunidos naquele escritório foi a respeito da significância que essa morte poderia ter sobre a transferência ou a promoção de si mesmos ou de seus conhecidos.

"Talvez agora consiga o lugar de Chtábel ou de Vínnikov", pensou Fiódor Vassílievitch. "Isso me foi prometido há muito tempo, e essa promoção representa oitocentos rublos de aumento, fora a chancelaria."

"Então precisaremos pedir que o cunhado de Kaluga seja transferido", Piotr Ivánovitch pensou. "Sua esposa ficará muito feliz. Agora não vai poder mais falar que eu não fiz nada para a sua família."

– Eu achava que ele não fosse morrer – Piotr Ivánovitch disse em voz alta. – É uma pena.

– E o que ele tinha, de fato?

– Os médicos não conseguiam identificar a doença. Ou melhor, identificaram-na, mas não entraram em um acordo. Quando o vi pela última vez, pareceu-me que ele iria se recuperar.

– E eu não o visitava desde os feriados. Pensava em ir visitá-lo.

– Ele tinha patrimônios?

– Parece que ficou algo para a esposa. Mas nada significativo.

– Sim, precisamos fazer uma visita. Eles viviam terrivelmente longe.

– Isto é, longe de você. Tudo é longe de você.

– Não tenho culpa de que moro do outro lado do rio – ponderou Piotr Ivánovitch, rindo de Chebék. E, falando sobre as distâncias da cidade, voltaram para a sessão.

Além do pensamento a respeito das promoções e possíveis mudanças no serviço que poderiam decorrer da morte de Ivan Ilitch, o próprio fato da morte de uma pessoa próxima causou, em cada um que soube do ocorrido, um sentimento complacente de que "é ele quem está morto, e não eu".

"Bem, ele está morto, mas eu estou vivo!", pensou ou sentiu cada um deles. Contudo, os conhecidos mais próximos de Ivan Ilitch, seus supostos amigos, consideraram de forma inconsciente, que também seria preciso cumprir os enfadonhos deveres do decoro e ir ao funeral e prestar condolências à viúva.

Agora, Fiódor Vassílievitch e Piotr Ivánovitch eram os mais próximos dele.

Piotr Ivánovitch havia sido colega de Ivan Ilitch no curso de Direito e considerava-se em dívida com ele.

Tendo comunicado à esposa, durante o jantar, a morte de Ivan Ilitch e as considerações da possibilidade de transferir o cunhado para o seu distrito, Piotr Ivánovitch sacrificou seu cochilo habitual, vestiu seu fraque e foi à casa de Ivan Ilitch.

Na entrada da casa de Ivan Ilitch, havia uma carruagem e dois cocheiros. No andar de baixo, encostada na parede do vestíbulo, próxima ao cabideiro, havia uma tampa de caixão brocada, com bordas e galão polidos. Duas damas de preto tiravam seus casacos. Uma delas ele conhecia, era a irmã de Ivan Ilitch e a outra dama lhe era desconhecida. Um dos companheiros de Piotr Ivánovitch, Schwartz, descia as escadas, mas, ao vê-lo entrar, parou e piscou para ele, como se dissesse: "Ivan Ilitch agiu de forma insensata; muito diferente de nós dois".

O rosto de Schwartz, com suíças à inglesa, e toda a sua figura esbelta em um fraque, tinha, como sempre, um ar de elegante solenidade, que contrastava com a jovialidade de seu caráter, e havia certa mordacidade, ou pelo menos é o que parecia a Piotr Ivánovitch.

Piotr Ivánovitch deu passagem às senhoras e, lentamente, seguiu-as escada acima. Schwartz não desceu, mas ficou parado onde estava. Piotr Ivánovitch entendeu o porquê disso: ele certamente queria planejar onde jogariam *vint*[1] naquela noite.. As damas subiram as escadas em direção ao quarto da viúva, mas Schwartz, com os lábios fortemente cerrados e um olhar brincalhão, com um movimento de sobrancelhas, apontou para Piotr Ivánovitch o quarto do morto, à direita.

Como acontece a todos nessas ocasiões, Piotr Ivánovitch entrou sem saber o que fazer ali. Tudo que sabia era que fazer o sinal da cruz nessas situações nunca é demais. Não tinha tanta certeza se

---

[1] Jogo de cartas, de origem russa, similar ao uíste e ao bridge. (N.T.)

também deveria curvar-se ao mesmo tempo e, portanto, escolheu um meio-termo: ao entrar no quarto, começou a fazer o sinal da cruz e insinuou curvar-se ligeiramente. Ao mesmo tempo, tanto quanto o movimento das mãos e da cabeça lhe permitia, ele olhou ao redor do quarto. Dois jovens – provavelmente sobrinhos do morto, um deles estudante – saíram do quarto fazendo o sinal da cruz. Uma velha senhora permanecia imóvel. Uma dama de estranhas sobrancelhas arqueadas sussurrava algo para ela. O sacristão de sobrecasaca, vigoroso e resoluto, lia algo em voz alta com uma expressividade que dispensava qualquer contradição. O auxiliar de copeiro, Guerássim, passando diante de Piotr Ivánovitch com passos leves, borrifou algo pelo chão. Vendo isso, Piotr Ivánovitch imediatamente sentiu um leve odor de cadáver em decomposição.

Em sua última visita a Ivan Ilitch, Piotr Ivánovitch vira esse homem no escritório; ele cumpria a função de cuidador, e Ivan Ilitch o amava de forma especial.

Piotr Ivánovitch fazia o sinal da cruz e inclinava-se ligeiramente, em uma posição intermediária entre o sacristão, o caixão e os ícones sobre uma mesa ao canto. Depois, quando o movimento com as mãos, do sinal da cruz, pareceu-lhe duradouro demais, ele parou e começou a olhar para o morto.

O morto jazia, como sempre jazem os mortos, notadamente pesado, mortificado, com os membros rígidos afundados no caixão e a cabeça, eternamente inclinada sobre o travesseiro, exibia, como sempre exibem os mortos, sua testa amarelada de cera, com as entradas nas têmporas afundadas e o nariz proeminente, como se pressionasse o lábio superior. Ele mudara muito, perdera mais peso desde quando Piotr Ivánovitch o vira, mas, como todos os mortos, seu rosto estava bonito e, principalmente, mais expressivo do que quando ainda estava vivo. Em seu rosto havia uma expressão que, o que precisava fazer, estava feito, e feito corretamente. Além disso, essa expressão era uma repreensão ou um lembrete aos vivos. Esse lembrete parecia inadequado a Piotr Ivánovitch, ou, ao menos, parecia não lhe dizer respeito. Por algum motivo, Piotr Ivánovitch sentiu-se incomodado e, por isso, fez o sinal da cruz de novo, virou-se de modo muito apressado, incongruente com o decoro, e foi em direção à porta.

Schwartz o esperava na antessala, com as pernas muito abertas e as mãos para trás, brincando com a cartola. Bastou um olhar para a imagem elegante, brincalhona e arrumada de Schwartz para Piotr Ivánovitch sentir-se revigorado, pois entendeu que Schwartz estava acima daquilo e não se rendia a impressões negativas. Sua aparência falava por si: o incidente do funeral de Ivan Ilitch não podia, de modo algum, servir de razão suficiente para declarar a ordem da sessão violada, ou seja, nada poderia impedir, naquela noite, o som do embaralhar das cartas, enquanto o lacaio arranjava quatro velas não queimadas; não havia razão para supor que esse incidente poderia impedi-los de ter uma noite agradável. Ele mesmo havia dito isso, sussurrando, ao passar por Piotr Ivánovitch, propondo que se encontrassem para um jogo na casa de Fiódor Vassílievitch.

Mas, aparentemente, o destino de Piotr Ivánovitch não era jogar *vint* naquela noite. Praskóvia Fiódorovna, uma mulher de baixa estatura e gorda, que se avolumava dos ombros para baixo, apesar dos esforços para parecer o contrário, ainda vestida toda de preto, a cabeça coberta com rendas e as sobrancelhas extraordinariamente espessas, como as da dama que estava de pé diante do caixão, retirou-se de seus aposentos com as outras mulheres e, conduzindo-as até a porta da sala onde estava o morto, disse:

– A cerimônia começará agora. Entrem!

Schwartz, curvando-se vagamente, parou, obviamente não aceitando nem recusando tal chamado. Praskóvia Fiódorovna, conhecendo Piotr Ivánovitch, suspirou, aproximou-se dele, segurou-lhe a mão e disse:

– Eu sei que você foi um verdadeiro amigo para Ivan Ilitch... – E olhou para ele, esperando uma reação àquelas palavras.

Piotr Ivánovitch sabia que não havia necessidade de fazer o sinal da cruz, mas apenas precisava aperta-lhe a mão, suspirar e dizer: "Acredite!". E assim o fez. Então, com isso, sentiu que atingira o resultado desejado: ambos ficaram comovidos.

– Vamos! Enquanto não começa, preciso falar com o senhor – disse a viúva. – Dê-me o braço!

Piotr Ivánovitch deu-lhe o braço, e se dirigiram a uma sala contígua, passando por Schwartz, o qual lançou a Piotr Ivánovitch um olhar que denotava ao mesmo tempo tristeza e malícia, como se dissesse: "O *vint* já era! Sem ofensa, pegaremos outro parceiro. Podemos jogar com cinco pessoas, quando você se livrar".

Ivánovitch deu um suspiro ainda mais profundo e triste, e Praskóvia Fiódorovna apertou-lhe o braço em agradecimento.

Entrando em sua sala de estar com estofado em cretone cor-de-rosa, sob uma luz fraca, eles sentaram-se perto de uma mesa: ela no sofá, e Piotr Ivánovitch em um pufe baixo, com molas soltas, o que tornava o assento desconfortável. Praskóvia Fiódorovna pensou em dizer-lhe que se sentasse em outra cadeira, mas achou que tal aviso não estaria de acordo com a sua posição, e mudou de ideia. Sentando-se nesse pufe, Piotr Ivánovitch lembrou-se de como Ivan Ilitch decorara aquela sala de estar e consultara-o a respeito daquele mesmo cretone cor-de-rosa com folhas verdes. Indo sentar-se no sofá e passando perto da mesa (no geral, toda a sala de estar estava cheia de objetos e móveis), a viúva prendeu a renda da sua mantilha preta no entalhe da mesa. Piotr Ivánovitch ergueu-se, na intenção de desprendê-la, e o assento do pufe começou a voltar à sua forma e o cutucou. A viúva a soltar a sua renda por conta própria, e Piotr Ivánovitch sentou-se outra vez, esmagando o rebelde pufe sob si. Porém, a viúva não se desprendeu totalmente; então, Piotr Ivánovitch outra vez se levantou, e de novo o pufe se rebelou e até mesmo estalou. Quando tudo isso acabou, ela pegou um lenço de cambraia limpo e começou a chorar. O próprio Piotr Ivánovitch, após o episódio com a renda e a luta com o pufe, ficara esgotado. Essa situação desconfortável foi interrompida por Sokolov, o copeiro de Ivan Ilitch, com o relato de que o lugar no cemitério que Praskóvia Fiódorovna havia designado custaria duzentos rublos. Ela parou de chorar e, olhando para Piotr Ivánovitch, disse em francês que era muito difícil para ela. Ele fez um gesto silencioso expressando uma inquestionável certeza de que isso não poderia ser diferente.

– Fume, por favor! – encorajou ela, com uma voz generosa e deprimida, e lidou com a questão do valor do local com Sokolov.

Piotr Ivánovitch, enquanto fumava, ouviu-a questionar exaustivamente sobre os diversos valores dos lotes no cemitério e determinar qual escolheria. Além disso, definido o local, ela também pediu coristas. Sokolov foi embora.

– Eu mesma estou providenciando tudo – Piotr Ivánovitch disse a ela, empurrando os álbuns de lado, que estavam sobre a mesa; e, notando que cinzas de cigarro ameaçavam cair sobre a mesa, não perdeu tempo e moveu o cinzeiro para Piotr Ivánovitch confidenciando-lhe: – Eu acho uma hipocrisia fingir que o sofrimento me impede de fazer coisas práticas. A mim, pelo contrário, se há algo que pode até não confortar, mas distrair, é a preocupação com as coisas dele. – Ela tirou novamente o lenço, como se estivesse prestes a chorar, e, de repente, como se controlasse a si mesma, sacudiu-se e começou a falar calmamente: – No entanto, tenho um assunto com você.

Piotr Ivánovitch curvou-se, não deixando que as molas do pufe se soltassem, de maneira que elas imediatamente começaram a se mexer sob ele.

– Nos últimos dias ele sofreu terrivelmente.

– Sofreu muito? – perguntou Piotr Ivánovitch.

– Ah, terrivelmente! Ele não parava de gritar, não nos últimos minutos, mas durante horas. Por três dias seguidos, ele apenas gritava. Foi insuportável. Eu não consigo entender como consegui suportar; era possível ouvir através de três portas. Ah! O que passei!

– Será que ele estava consciente? – perguntou Piotr Ivánovitch.

– Sim – ela sussurrou –, até o último minuto. Ele se despediu de nós por um quarto de hora, até sua morte, e ainda pediu para levar Volódia.

O pensamento a respeito do sofrimento de uma pessoa que ele conhecera tão de perto, primeiro como um menino alegre, um colega da escola, depois como um parceiro adulto, a despeito da desagradável consciência do fingimento daquela mulher e do seu próprio, de repente horrorizou Piotr Ivánovitch. Ele viu, novamente, aquela testa, o nariz que pressionava o lábio, e sentiu medo por si mesmo.

"Três dias de intenso sofrimento e morte. Pois agora isso pode acontecer comigo, a qualquer momento", pensou ele, e ficou assustado por um instante. Mas, imediatamente, sem ele próprio saber como, veio em seu auxílio o pensamento habitual de que isso acontecera com Ivan Ilitch, e não com ele; que isso não deveria nem lhe poderia acontecer; e que, pensando assim, ele recaía em um humor sombrio, ao qual não deveria ceder, como ficara evidente no rosto de Schwartz. E, tendo esse raciocínio, Piotr Ivánovitch acalmou-se e, com curiosidade, começou a perguntar detalhes a respeito da morte de Ivan Ilitch, como se fosse uma aventura peculiar que poderia acontecer apenas a Ivan Ilitch, e não a ele.

Após várias conversas sobre os detalhes realmente terríveis dos sofrimentos físicos ocorridos com Ivan Ilitch (detalhes esses que

Piotr Ivánovitch conheceu apenas por meio de como o tormento de Ivan Ilitch agira sobre os nervos de Praskóvia Fiódorovna), a viúva, obviamente, achou necessário ir direto ao ponto.

– Ah, Piotr, como é difícil, como é terrivelmente difícil, como é terrivelmente difícil... – E chorou mais uma vez.

Piotr Ivánovitch suspirou e esperou que ela assoasse o nariz. Quando terminou, ele disse:

– Acredite...

E mais uma vez ela começou a falar e expôs aquilo que, obviamente, era o seu principal assunto com ele, que consistia em perguntas a respeito de como faria, por ocasião da morte do marido, para se apossar do dinheiro do tesouro. Ela olhou como se pedisse conselho a Piotr Ivánovitch sobre a pensão; porém, ele viu que ela já sabia, em detalhes, até o que ele não sabia: tudo aquilo que poderia ser retirado do tesouro por ocasião da morte. No entanto, o que ela queria saber era se não poderia, de alguma forma, retirar ainda mais dinheiro. Piotr Ivánovitch tentou inventar uma maneira, mas, pensando um pouco, e por decência, reclamou do governo por sua mesquinhez e disse que talvez não fosse possível. Então ela suspirou e, obviamente, começou a inventar meios de livrar-se do seu visitante. Percebendo isso, ele apagou o cigarro, levantou-se, apertou a mão dela e se dirigiu para a saída.

Na sala de jantar, onde estava o relógio que Ivan Ilitch comprara com alegria no bricabraque, Piotr Ivánovitch encontrou o padre e mais alguns conhecidos, que chegaram para a cerimônia, e notou uma bela moça que lhe era familiar, a filha de Ivan Ilitch.

Ela estava toda de preto. A sua cintura, que já era fina, parecia ainda mais fina. Ela tinha uma aparência sombria, resoluta, quase de raiva. Ela inclinou-se para Piotr Ivánovitch como se ele fosse culpado por algo. Junto da moça, com o mesmo olhar ofendido, estava um jovem rico e juiz de instrução, também conhecido de Piotr Ivánovitch, e que, segundo ouvira dizer, era noivo dela. Ele se curvou para ambos e fez menção de entrar no quarto do morto, quando, de debaixo das escadas, apareceu o filho de Ivan Ilitch, um estudante, que era terrivelmente parecido com o pai. Ele parecia um pouco com Ivan Ilitch, como Piotr Ivánovitch lembrava-se dele na Faculdade de Direito. Os seus olhos, marejados, tinham a impureza típica dos garotos em seus treze, catorze anos de idade. Ao ver Piotr Ivánovitch, o menino ficou sisudo e franziu a testa timidamente. Piotr Ivánovitch acenou-lhe com a cabeça e entrou no quarto do morto.

Começou a cerimônia: velas, gemidos, incenso, lágrimas e soluços. Piotr Ivánovitch estava de cenho franzido, olhando para os pés à sua frente. Ele não olhou uma única vez para o defunto e, até o final, não se permitiu relaxar e foi um dos primeiros a sair dali. No vestíbulo não havia ninguém. Guerássim, o auxiliar de copeiro, correu para fora do quarto do falecido, jogou todos os casacos de pele em seus braços fortes, para encontrar o casaco de Piotr Ivánovitch, e o entregou a ele.

– Então, meu amigo Guerássim? – perguntou Piotr Ivánovitch, para dizer alguma coisa. – Triste?

– É a vontade de Deus. Todos estaremos lá também – Guerássim disse, sorrindo com os dentes brancos e sólidos de um camponês, e, como um homem em um trabalho intenso, abriu bruscamente a porta, mandou chamar o cocheiro e puxou Piotr Ivánovitch de volta para a varanda, como se estivesse pensando no que ainda teria de fazer.

Piotr Ivánovitch ficou especialmente satisfeito em respirar ar puro, após o cheiro de incenso, cadáver e ácido carbólico.

– Para onde vai? – perguntou o cocheiro.

– Não está tarde. Vou passar na casa do Fiódor Vassílievitch.

E Piotr Ivánovitch foi para lá. Assim, de fato, ele encontrou os jogadores no final da primeira rodada, de modo que foi conveniente para ele tal interrupção.

2

A história de vida de Ivan Ilitch tinha sido bem simples e comum, mas também muito terrível.

Ele morreu aos quarenta e cinco anos, como membro do Tribunal de Justiça. Era filho de um funcionário público que, tendo passado por vários ministérios e departamentos na cidade de São Petersburgo, fizera aquele tipo de carreira que leva as pessoas a uma posição na qual, por causa do longo tempo de trabalho, não podem ser demitidas, embora seja visível que elas não são capazes de nenhum trabalho significativo e, portanto, obtêm cargos fictícios, mas com salários reais de seis a dez mil rublos, com os quais vivem até a velhice.

Esse era, como conselheiro particular e membro desnecessário de várias instituições supérfluas, Iliá Efímovitch Golovin.

Ele teve três filhos. Ivan Ilitch era o segundo filho. O mais velho seguira a mesma carreira do pai, mas em outro ministério, e já estava bem perto do tal tempo de serviço no qual uma sinecura semelhante seria alcançada. O terceiro filho era um fracassado. Tinha se dado mal em diferentes empregos e, agora, trabalhava nas estradas de ferro; tanto seu pai quanto seus irmãos e, especialmente, sua esposa não gostavam de encontrar-se com ele e, a menos que fosse absolutamente necessário, não se lembravam de sua existência. A irmã deles era casada com o barão Gref, também funcionário público em São Petersburgo, como o seu sogro. Ivan Ilitch era *le phenix de la famille*[2], como diziam. Não era tão frio e disciplinado quanto o mais velho nem tão rebelde quanto o mais jovem. Era um meio-termo entre ambos, inteligente, vívido, agradável e decente. Tinha estudado na Faculdade de Direito, junto do mais novo, mas este foi reprovado e expulso no quinto ano. Ivan Ilitch terminou o curso de forma exemplar.

Na Faculdade de Direito, foi exatamente como tinha sido durante toda a sua vida: um homem habilidoso, alegre e sociável, mas que realizava estritamente aquilo que ele considerava ser o seu dever, ou seja, tudo aquilo que as pessoas acima dele assim consideravam. Não inspirava simpatia, nem quando menino nem na idade adulta, porém, desde a mais tenra idade, como uma mosca voa para a luz, fora atraído para as pessoas da alta sociedade, assimilando os seus exemplos, seus olhares em relação à vida e, com elas, estabelecendo

---

[2] "O orgulho da família", em francês no original. (N.T.)

laços de amizade. Todas as paixões da infância e da juventude passaram e não deixaram grandes marcas nele; entregou-se à sensualidade, à vaidade e, por fim, nas altas rodas sociais mais altas, ao liberalismo, mas tudo dentro dos limites conhecidos que seu sentido lhe apontava.

Na Faculdade de Direito, ele cometeu ações que antes lhe pareciam sórdidas e, no momento dessas ações, lhe incutiam raiva de si mesmo; porém, mais tarde, vendo que essas ações eram também cometidas por pessoas em posições mais altas que a dele, e que elas não as consideravam ruins, não é que ele tenha começado a considerá-las boas, apenas passou a esquecê-las completamente, e a lembrança daquilo já não o agastava.

Quando se formou advogado, tendo recebido dinheiro do pai para comprar seu uniforme, Ivan Ilitch encomendou o seu traje ao Charmer[3], pendurou no porta-chaves uma medalha com a inscrição *respice finem*[4], despediu-se do patrono da Faculdade e do seu professor, almoçou com seus companheiros no Donon[5] e, com suas malas da moda, contendo roupas íntimas, trajes, artigos de higiene pessoal e de barbear, além de uma manta de viagem, tudo encomendado e comprado nas melhores lojas, foi para a província para ocupar o cargo de funcionário de atribuições especiais do governador, que seu pai providenciara para ele.

---

3 E. F. Charmer, famoso alfaiate de São Petersburgo, vestia Liev Tolstói e Fiódor Dostoiévski. (N.T.)

4 "Antecipar o fim", do latim no original. (N.T.)

5 Restaurante, aberto em 1849, com cozinha de alta qualidade, orquestra e serviço de primeira classe. (N.T.)

Na província, Ivan Ilitch construiu rapidamente uma posição fácil e agradável para si mesmo, tal qual na Faculdade de Direito. Ele cumpriu sua missão oficial, fez carreira e, ao mesmo tempo, se divertiu e teve bons momentos; ocasionalmente, viajava em nome dos superiores, portando-se perante autoridades e subordinados com dignidade, exatidão e honestidade incorruptível, da qual não poderia deixar de se orgulhar, e realizava as incumbências a ele atribuídas, principalmente nos casos de dissidentes.

Nos assuntos do trabalho, ele, apesar de sua juventude e frivolidade, era extremamente discreto, formal e até mesmo rigoroso; porém, em público, era muitas vezes brincalhão, alegre e sempre bem-humorado, decente e *bon enfant*[6], como diziam os seus superiores, pelos quais ele era considerado uma pessoa da casa.

Na província, teve um caso com uma daquelas senhoras que se envolvem com juristas almofadinhas, e também com uma modista; houve farras regadas a bebida com os *Flügeladjutant*[7] de passagem, e, depois do jantar, visitas a uma certa rua periférica de reputação duvidosa; houve ainda uma história com a subordinada do seu superior e até mesmo com a esposa deste, mas tudo isso tinha um tom de decência tão elevado que não poderia ser nomeado com palavras feias, cabendo apenas a rubrica da máxima francesa *il faut que jeunesse se passe*[8]. Isso tudo foi feito com mãos limpas, camisas

---

[6] "Bom menino", do francês no original. (N.T.)

[7] No jargão militar, integrantes do séquito do *tsar*. (N.T.)

[8] "Coisas da juventude", do francês no original. (N.T.)

limpas, palavras francesas e, o mais importante, na mais alta roda social; portanto, com a aprovação das pessoas do alto escalão.

Assim, Ivan Ilitch serviu por cinco anos, até haver uma mudança no serviço público. Apareceram novas instituições judiciais, e houve necessidade de novas pessoas.

E ele tornou-se uma delas.

Ofereceram-lhe o cargo de juiz de instrução, e ele aceitou, apesar de ser em outra província e ele precisar abandonar as relações estabelecidas e dar lugar a novas. Os amigos reuniram-se para despedidas e presentearam-lhe com uma cigarreira de prata; então, ele partiu para ocupar o novo cargo.

Como juiz de instrução, Ivan Ilitch foi, *comme il faut*[9], bem decente, capaz de separar os deveres do serviço da vida particular e de inspirar o respeito de todos, assim como quando era um oficial de atribuições especiais. Para ele, o cargo de juiz de instrução, em si, era muito mais interessante e atrativo do que o anterior, no qual, apesar de ter sido bom vestir livremente um uniforme da Charmer e passar pela multidão de peticionários e funcionários que aguardavam, timidamente na recepção, uma audiência com o governador, e que o invejavam por ele, fácil e livremente, ir direto para o escritório do seu superior e sentar-se com ele para um chá e para fumar cigarros, foram poucas as pessoas que dependiam diretamente de seu arbítrio: apenas agentes da lei e dissidentes; isso quando o enviavam para cumprir encargos. E ele gostava da forma

[9] "Como deveria ser", do francês no original. (N.T.)

cortês, quase companheira, de lidar com tais pessoas que dependiam dele; amava dar-lhes a sensação de que ali estava alguém que, mesmo sendo capaz de esmagá-los se quisesse, era amigo deles e os tratava de forma simples. Tais pessoas foram poucas. Agora, juiz de instrução, Ivan Ilitch sentia que todas as pessoas mais importantes e cheias de si, sem exceção, estavam em suas mãos e que bastava apenas ele escrever as famosas palavras no papel timbrado para que qualquer pessoa importante e cheia de si fosse trazida a sua presença como réu ou testemunha, e ela ficaria de pé perante ele, caso não a convidasse para se sentar, e responderia às suas perguntas.

Ivan Ilitch nunca abusou de sua autoridade – pelo contrário, tentava atenuá-la –, mas a consciência desse poder e a possibilidade de suavizá-lo representavam para ele o principal interesse e atrativo de seu novo encargo. No próprio serviço, nas investigações propriamente ditas, ele aprendeu rapidamente um método de afastar de si todas as circunstâncias que não diziam respeito ao processo e de apresentar tipos de casos de maneira simplificada, excluindo por completo sua opinião pessoal e, o mais importante, mantendo toda a formalidade exigida. Isso era coisa nova. E ele foi uma das primeiras pessoas a desenvolver, na prática, a aplicação dos estatutos de 1864[10].

Na nova cidade, no cargo de juiz de instrução, Ivan Ilitch fez novos conhecidos, novos contatos, novamente se adaptando e

[10] Nova administração judicial, criada por Alexandre II, que introduziu a segurança de mandato, um novo código penal e um sistema civil e criminal mais simplificados, além da criação de julgamentos em tribunal aberto. (N.T.)

adotando um tom um pouco diferente. Ele colocou-se a uma distância adequada das autoridades provinciais e escolheu o melhor círculo de juízes e nobres ricos que moravam na cidade; adotou um tom de leve descontentamento com o governo, de liberalismo moderado e cidadania civilizada. Ao mesmo tempo, não alterando em nada a elegância de sua toalete, em seu novo posto, parou de se barbear e deu liberdade para a barba crescer onde quisesse.

Ivan Ilitch estabeleceu-se muito bem na nova cidade. A sociedade, que demonstrava descontentamento com o governador, era boa e amigável, o ordenado era maior e o uíste[11] acrescentou um grande prazer à sua vida, de maneira que ele começou a jogar, e tinha a capacidade de fazê-lo de forma alegre, com pensamento rápido e muito sutil, que o colocava sempre entre os vencedores.

Após dois anos de serviço na nova cidade, ele conheceu a sua futura esposa. Praskóvia Fiódorovna Mikhel era a garota mais atraente, inteligente e esperta do círculo que Ivan Ilitch frequentava. Entre outras atividades divertidas e relaxantes do trabalho de juiz de instrução, ele estabeleceu laços prazerosos e leves também com Praskóvia Fiódorovna.

Enquanto fora funcionário de atribuições especiais, Ivan Ilitch estava habituado a sair para dançar; agora, porém, como juiz de instrução, o fazia excepcionalmente, e somente para demonstrar que, embora fizesse parte de uma nova instituição e do quinto escalão, podia também dançar melhor do que os outros. Assim,

---

[11] Jogo de cartas considerado o ancestral do *bridge*. (N.T.)

ocasionalmente, ele dançava no final da noite com Praskóvia Fiódorovna, e foi principalmente na época dessas danças que a conquistou. Ela se apaixonou por ele. Ivan Ilitch não tinha uma intenção clara e determinada de se casar, mas, quando a garota se apaixonou por ele, questionou a si mesmo. "Na verdade, por que não casar?", pensou.

A donzela Praskóvia Fiódorovna era de uma boa família nobre, não era feia nem pobre. Ele podia aspirar a um partido mais brilhante, mas ela não era ruim. Ivan Ilitch tinha seu ordenado, e ela também teria o dela, assim ele esperava. Era um bom relacionamento; ela era uma mulher doce, bonita e muito decente. Dizer que Ivan Ilitch se casaria porque amava a sua noiva e encontrara nela a simpatia por suas opiniões a respeito da vida seria tão injusto quanto dizer que ele se casaria porque as pessoas da sua comunidade aprovavam aquela união. Ele se casaria por ambos os motivos: a escolha da esposa tinha sido pelo seu próprio bem, e, com isso, faria aquilo que as pessoas do mais alto escalão consideravam correto.

E Ivan Ilitch se casou.

O próprio processo de matrimônio e o primeiro momento da vida de casados, com carinhos conjugais, mobiliário novo, louças novas, enxoval novo, até a gravidez da esposa, tudo correu muito bem. Assim, Ivan Ilitch já começava a pensar que o casamento não apenas não quebrava o caráter da vida fácil, agradável, alegre, sempre decente e com a aprovação da sociedade, a qual ele considerava inerente à vida em geral, como também o intensificava. Contudo, desde os primeiros meses de gravidez da esposa, algo novo, imprevisto, desagradável, deprimente e inapropriado, e do qual não se podia escapar, inesperadamente aconteceu.

Sem nenhuma razão, a esposa, conforme parecia a Ivan Ilitch, *de gaieté de coéur*[12], como ele dizia a si mesmo, começou a perturbar o prazer e o equilíbrio da vida. Ela tinha ciúme dele sem motivo algum, exigia que ele a respeitasse, encontrava defeitos em tudo e fazia-lhe cenas desagradáveis e grosseiras.

A princípio, Ivan Ilitch teve esperança de livrar-se dos aborrecimentos de tal situação com aquele mesmo posicionamento leve e decente em relação à vida que já o havia ajudado antes – ele tentou ignorar os humores de sua esposa, continuou a viver como antes, de maneira simples e agradável: convidava os amigos para irem à sua casa para jogar ou tentava ele mesmo ir ao clube ou à casa dos amigos. No entanto, sua esposa, certa vez, com intensa energia, pôs-se a xingá-lo com palavras grosseiras e tão tenazmente continuou a amaldiçoá-lo toda vez que ele não cumpria suas exigências, claramente decidida a não parar enquanto ele não ficasse em casa e não estivesse tão entediado quanto ela própria, que Ivan Ilitch ficou horrorizado. Ele percebeu que a vida conjugal, ao menos com sua esposa, nem sempre contribuía para os prazeres da vida, mas, pelo contrário, muitas vezes os destruía, e que era necessário proteger-se dessa destruição. Então, começou a procurar meios para tal. Seus deveres oficiais eram a única coisa que impressionava Praskóvia Fiódorovna, e Ivan Ilitch, por meio desse serviço decorrente de suas

[12] "Por capricho", do francês no original. (N.T.)

responsabilidades, começou a lutar com a esposa para garantir a própria independência.

Com o nascimento do bebê, com as tentativas de amamentação fracassadas, com as doenças reais e imaginárias da mãe e do bebê, nas quais se exigia a presença de Ivan Ilitch, mesmo que ele não as pudesse entender, a necessidade de ele encontrar para si um mundo fora da família tornou-se ainda mais urgente.

À medida que sua esposa se tornava mais irritadiça e exigente, Ivan Ilitch transferia cada vez mais o centro de gravidade da sua vida para o trabalho, passando a amá-lo ainda mais e tornando-se mais ambicioso do que antes.

Muito cedo, não mais que um ano depois do casamento, Ivan Ilitch compreendeu que a vida conjugal, embora apresentasse algumas comodidades, era, no fundo, uma tarefa muito árdua e complexa, que necessitava, para que fosse cumprida, ou seja, para que se levasse uma vida decente e aprovada pela sociedade, que se elaborasse um posicionamento específico, assim como acontecia no trabalho.

E ele desenvolveu tal atitude em relação à vida de casado. Exigiu da vida familiar apenas aquelas comodidades – como comida caseira, uma boa anfitriã, leito conjugal – que ela podia lhe oferecer, e, o mais importante, a compostura externa, que fosse condizente com a opinião pública. De resto, ele buscava uma alegria agradável e, caso a encontrasse, ficaria muito grato; se, em contrapartida, encontrasse resistência e resmungo, então imediatamente partiria para o seu mundo paralelo e fechado do trabalho, e nele encontraria o prazer.

Ivan Ilitch foi avaliado como um bom funcionário e, depois de três anos, o promoveram a assistente do procurador. As novas responsabilidades e a importância delas, a possibilidade de indiciamento e prisão de qualquer um que ele escolhesse, a publicidade dos discursos, o sucesso que tinha nessa função, tudo isso o atraiu ainda mais para o trabalho.

Vieram mais crianças. A mulher tornava-se cada vez mais impertinente e nervosa, mas as atitudes elaboradas em relação à vida doméstica tornavam Ivan Ilitch quase impenetrável às insolências dela.

Após sete anos de serviço na mesma cidade, Ivan Ilitch foi transferido para o cargo de procurador em outra província. Eles se mudaram, o dinheiro era pouco, e a esposa não gostou do local para onde eles haviam se mudado. Embora o salário fosse ainda maior do que antes, a vida era mais onerosa. Além disso, morreram dois de seus filhos; portanto, a vida familiar tornou-se ainda mais desagradável para Ivan Ilitch.

Praskóvia Fiódorovna repreendia o marido por todas as adversidades ocorridas naquele novo local. A maioria dos assuntos das conversas entre marido e mulher, principalmente sobre a educação das crianças, trazia temas que remetiam a antigas disputas, as quais estavam prontas para explodir a qualquer momento. Permaneceram apenas aqueles raros períodos de amor que existem entre cônjuges, mas duravam pouco tempo. Essas eram as ilhas nas quais eles se juntavam por um período, mas então eram lançados novamente ao mar da inimizade oculta, que se expressava na alienação um do outro. A alienação poderia entristecer Ivan Ilitch se ele considerasse que isso não estivesse certo, porém, agora ele já aceitava aquela posição não apenas como normal como também como o propósito de suas atividades em família. Seu objetivo era libertar-se cada vez mais desses problemas e dar-lhes o caráter de pureza e decência; e ele conseguia isso gastando cada vez menos tempo com sua família, e, quando era forçado a fazer isso, tentava assegurar a sua posição com a presença de estranhos.

O importante é que Ivan Ilitch tinha um serviço. Para ele, todo o interesse da vida fora concentrado no mundo do trabalho. E esse interesse o engoliu. A consciência de seu poder, a possibilidade de destruir todo homem a quem ele quisesse destruir, a importância, mesmo exterior, de quando ele entrava no tribunal e em reuniões com os superiores e subordinados, e, o mais importante, seu manejo magistral dos casos, tudo isso o alegrava e, junto com as conversas com os companheiros, as refeições e o uíste, preenchia a sua vida. De modo geral, a vida de Ivan Ilitch continuava a caminhar como ele acreditava que deveria caminhar: agradável e decente.

Assim ele viveu por mais sete anos. A filha mais velha já estava com dezesseis anos de idade quando mais um bebê morreu, e restava o menino adolescente, objeto de disputa. Ivan Ilitch queria matriculá-lo na Escola Preparatória de Direito, mas Praskóvia Fiódorovna, por despeito, inscreveu-o na Escola Secundária. A filha estudava em casa e progredia; o menino também não ia nada mal.

3

Assim transcorreu a vida de Ivan Ilitch durante os dezessete anos após o seu matrimônio. Ele já era um procurador sênior que rejeitava algumas transferências, esperando um lugar mais atrativo, quando, inesperadamente, aconteceu uma circunstância desagradável, que perturbou completamente a tranquilidade da sua vida. E esperava o lugar de presidente na cidade universitária, mas Goppe de alguma forma passou-lhe à frente e tomou seu lugar. Ivan Ilitch ficou irritado, começou a fazer acusações e desentendeu-se com ele e com os superiores próximos; tornou-se frio e, na nomeação seguinte, foi novamente evitado.

Isso ocorreu em 1880. Foi o ano mais difícil na vida de Ivan Ilitch. Foi então que descobriu, por um lado, que seu ordenado não era suficiente para a vida que levavam e, de outro, que todos haviam se esquecido dele; e, aquilo que lhe parecia a mais grandiosa e cruel injustiça. Mostrava-se aos outros como algo absolutamente comum. Nem mesmo o pai considerava que fosse seu dever ajudá-lo. Ele sentiu que todos o haviam abandonado, por acharem que sua posição, com o ordenado de três mil e quinhentos rublos, era normal e até afortunada. Só sabia que, com a consciência daquelas injustiças feitas a ele, com as eternas críticas da esposa e com as dívidas que começava a fazer, as quais iam além de suas posses, nem de longe sua posição era normal.

No verão daquele ano, para facilitar as finanças, ele tirou férias e foi passar o verão com a esposa na aldeia, na casa do irmão dela.

Na aldeia, sem serviços, Ivan Ilitch sentiu, pela primeira vez, não apenas tédio como também uma angústia insuportável. Decidiu então que viver assim não era possível e que precisava tomar alguma medida drástica.

Durante uma noite de insônia, que ele passou andando pelo terraço, decidiu ir a São Petersburgo, a fim de fazer uma solicitação e, para punir *aqueles* que não lhe souberam dar valor, mudar para outro ministério.

No dia seguinte, apesar dos muitos protestos da esposa e do cunhado, ele foi a São Petersburgo, com um único objetivo: implorar um lugar com ordenado de cinco mil rublos. Ele já não se apegava a nenhum ministério nem a uma direção ou atividade particular. Precisava apenas da nomeação para um cargo com salário de cinco mil rublos, fosse em administração, em bancos, em ferrovias, em instituições da imperatriz Maria, ou até mesmo na alfândega;

porém, tinha de ser com um salário de cinco mil rublos, e ele certamente iria sair do ministério, onde não foram capazes de valorizá-lo.

E aquela viagem de Ivan Ilitch foi um inesperado e surpreendente sucesso. Em Kursk, um conhecido seu, F. S. Illin, que também estava viajando na primeira classe, comentou a respeito de um telegrama, vindo da província de Kursk e recebido pelo governador, dizendo que, nos próximos dias, haveria uma reviravolta no ministério: Piotr Ivánovitch substituiria Ivan Semiônovitch.

A alegada reviravolta, além de seu valor para a Rússia, teve um significado especial para Ivan Ilitch: o fato de nomearem uma nova pessoa, Piotr Ivánovitch, e, também o seu colega, Zakhar Ivánovitch, foi-lhe favorável, uma vez que este era seu amigo.

Em Moscou, a notícia foi confirmada. Chegando à cidade de São Petersburgo, Ivan Ilitch encontrou Zakhar Ivánovitch e recebeu a promessa de um lugar em seu antigo ministério da Justiça.

Uma semana depois, ele telegrafou para a esposa:

> *Zakhar irá me nomear para o lugar de Miller em seu primeiro relatório.*

Devido a essa mudança de pessoas, Ivan Ilitch inesperadamente recebeu uma nomeação em seu antigo ministério, ficando dois degraus acima de seus companheiros: ordenado de cinco mil rublos e mais um acréscimo de três mil e quinhentos. Todo o despeito por seus antigos inimigos e por todo o ministério foi esquecido, e ele ficou exultante.

Ivan Ilitch retornou feliz e satisfeito para a província, como havia muito tempo não se sentia. Praskóvia Fiódorovna também ficou feliz, e houve uma trégua entre eles. Ivan Ilitch contou como estava sendo celebrado em São Petersburgo, como todos aqueles que eram seus inimigos estavam humilhados e agora agiam de forma mesquinha, porque o invejavam por sua posição, em especial por ser tão amado em São Petersburgo.

Praskóvia Fiódorovna ouvia isso, fingia que acreditava e não entrava em conflito; porém, já fazia planos de organizar uma nova vida naquela cidade, para onde eles estavam se mudando. E Ivan Ilitch ficava feliz em ver que aqueles planos eram também dele, que eles concordavam e que, novamente, a sua vida incerta adquiria um verdadeiro caráter divertido e decente, como deveria ser.

Ivan Ilitch mudou-se em pouco tempo. Ele tinha de assumir o cargo em 10 de setembro e precisava de tempo suficiente para estabelecer-se no novo local, transportar tudo da província, comprar e encomendar ainda muitas coisas; em uma palavra, estabelecer-se da maneira como fora decidido em sua mente, e quase da mesma maneira como fora decidido também na alma de Praskóvia Fiódorovna.

Tudo se arranjara tão bem, agora que ele e a esposa tinham um mesmo objetivo, que eles se entendiam perfeitamente, até melhor que nos primeiros anos da vida conjugal. Ivan Ilitch estava pensando em levar a família imediatamente, mas, diante da insistência da cunhada e do cunhado, que repentinamente estreitaram laços familiares e afetivos com ele e sua família, acabou por ir sozinho.

Ivan Ilitch partiu, e o bom humor produzido pela sorte e pelo acordo com a sua esposa, um dando forças ao outro, não se afastou dele durante todo o tempo. Encontrou um imóvel encantador, exatamente como ambos haviam sonhado: salas de recepção amplas, imponentes, em estilo antigo, escritório confortável e grandioso, quartos para a esposa e para a filha, sala de estudos para o filho, tudo como se fosse pensado exatamente para eles.

Ele próprio se encarregou da reforma: escolheu os papéis de parede, comprou os móveis – sobretudo de segunda mão, aos quais ele atribuía um estilo especialmente decente –, estofados, e tudo cresceu, cresceu e atingiu o ideal que ele formulou para si. E mesmo quando a reforma ainda estava pela metade, já superava as suas expectativas. Percebia aquele caráter decente, elegante e não vulgar que obteria quando tudo estivesse pronto. Adormecendo, imaginava consigo como seria o salão. Olhando para a sala de estar, ainda inacabada, ele já via a lareira, o biombo, a estante e as cadeirinhas espalhadas pelo lugar, pratos pelas paredes e os bronzes, quando tudo estivesse no devido lugar. Ficava contente ao imaginar como Pacha[13] e Lízanka[14], que tinham o mesmo gosto dele, ficariam impressionadas. Elas não esperavam por aquilo de forma alguma. Em particular, ele conseguiu encontrar e comprar coisas antigas e baratas, que transmitiriam a todos um caráter especialmente nobre. Nas cartas, mostrava tudo da pior forma, de propósito, apenas para surpreendê-las depois. Tudo isso tomava tanto o seu tempo que

[13] Diminutivo de Praskóvia. (N.T.)

[14] Diminutivo de Liza. (N.T.)

até o seu novo trabalho, tão amado, ocupava-o menos do que ele esperava. Nas sessões, havia momentos de distração: ele pensava em quais hastes de cortina deveria colocar, em linha reta ou combinada. Estava tão ocupado com isso que ele mesmo frequentemente mudava os móveis de lugar e pendurava as cortinas.

Certa vez, subiu na escadinha para orientar o estofador, que não entendia como ele queria que fosse feito, então tropeçou e caiu, mas, como era um homem forte e habilidoso, segurou-se e bateu apenas de lado no puxador da guarnição. O ferimento doeu, mas logo passou.

Ivan Ilitch sentia-se especialmente alegre e saudável durante todo o tempo. Escreveu: "Sinto que rejuvenesci uns quinze anos". Pensava em terminar a reforma no mês de setembro, porém, ela arrastou-se até a metade de outubro. Mas tudo ficou lindo – não era apenas ele que dizia isso; todos que viam o imóvel diziam-lhe o mesmo.

Em essência, era a mesma decoração que se costuma ver na casa de todos os que não são exatamente ricos, mas que querem aparentar ser ricos, e com isso apenas conseguem assemelhar-se extraordinariamente uns com os outros: estofados em damasco, ébano, flores, tapetes e bronze, escuro e brilhante; enfim, tudo o que é adquirido por pessoas de certa estirpe para se parecer com outras pessoas da mesma estirpe. E ele tinha tudo tão parecido que não era possível nem chamar a atenção; porém, tudo lhe parecia especial.

Quando ele encontrou sua família na estação ferroviária, trouxe-a para o reluzente moradia finalizada, e um lacaio de gravata branca desbloqueou a porta para a entrada decorada com flores; depois, eles entraram na sala de estar e no escritório e suspiraram de prazer.

Ivan Ilitch estava muito feliz; conduziu-os para todos os lugares, consumido pelo louvor deles, e sorriu de prazer. Na mesma noite, quando Praskóvia Fiódorovna, durante o chá, perguntou-lhe, entre outras coisas, como tinha caído, ele riu na frente deles e mostrou como caíra e assustara o estofador.

– Felizmente sou um pouco ginasta. Outro teria morrido, mas eu bati um pouco aqui. Dói quando aperta, mas logo passa… É apenas um hematoma.

Eles passaram a morar na nova residência, e, como sempre, depois de se acomodarem bem, acharam que faltava apenas mais um quarto. Quanto aos recursos, apesar de terem dobrado, eles consideraram, também como sempre, que precisariam de mais uns quinhentos rublos, mas, afinal, tudo estava indo bem.

No primeiro momento, pelo menos, tudo estava especialmente bem, quando nem tudo ainda estava organizado e ainda havia coisas a fazer: comprar objetos, encomendar outros, reorganizar móveis, ajustar prateleiras. Embora houvesse alguns pontos de discordância entre o marido e a mulher, ambos estavam satisfeitos, e foram muitas as vezes que tudo terminou sem grandes brigas. Quando já não havia mais nada para arrumar, ficou um pouquinho chato e parecia que faltava algo, mas aí então já haviam se tornado cúmplices, se acostumado, e a vida ficou completa.

Ivan Ilitch, que passava a manhã no tribunal, retornava para o almoço e, a princípio, estava de bom humor, embora às vezes se irritasse um pouco com assuntos domésticos. (Uma mancha na toalha de mesa ou no estofado, um cordão da cortina arrebentado, qualquer coisa assim o enfurecia; afinal, ele despendera tanto trabalho na arrumação que qualquer estrago chegava a causar-lhe dor.) Contudo, em geral, a vida dele caminhava da maneira como acreditava que uma vida deveria fluir: fácil, agradável e decente. Levantava-se às nove, bebia café, lia o jornal, depois vestia o uniforme e dirigia-se ao tribunal. Lá, esperava-o seu trabalho, uma espécie de cabresto ao qual ele rapidamente se acostumara: recursos, inquéritos, pedidos de ajuda, sessões públicas e administrativas. Em tudo isso era necessário estar apto a eliminar a realidade, que sempre quebra a regularidade do andamento dos serviços profissionais: era necessário evitar qualquer relacionamento com pessoas que não fossem do convívio profissional. Por exemplo, se uma pessoa chegasse e quisesse alguma informação, Ivan Ilitch, enquanto civil, não podia ter nenhum tipo de relação com ela; porém, se existisse uma relação que pudesse ser impressa em um papel timbrado, então ele, nos limites de tal relação, faria todo o possível e manteria, assim, certa semelhança com as relações humanas de amizade, ou seja, seria cortês. Tão logo terminasse uma relação profissional, terminava também qualquer outra relação. Essa habilidade de separar o lado profissional de sua vida particular, Ivan Ilitch dominava no mais alto grau. Com longa prática e talento, havia desenvolvido essa habilidade a tal ponto que até mesmo ele, como um virtuoso, às vezes brincando, se permitia misturar o relacionamento profissional com o particular, porque sentia em si a força de sempre, sabendo que, quando precisasse, poderia mais uma vez destacar o lado profissional e deixar de lado o particular. Tal habilidade passou por Ivan Ilitch não apenas de forma fácil, agradável e decente como também magistral.

Nos intervalos das sessões, ele fumava, bebia chá, conversava um pouquinho sobre política, um pouquinho sobre coisas comuns, também um pouquinho sobre jogos de cartas e, sobretudo, sobre as atribuições. Retornava para casa cansado, mas com o sentimento de um virtuoso, que fizera sua parte com distinção, como o primeiro da orquestra. Em casa, a filha e a esposa iam ou já estavam em algum lugar; o filho estava na escola, tinha feito a lição de casa com o tutor e aprendia corretamente aquilo que era ensinado na Escola Secundária. Estava tudo bem. Após o jantar, caso não houvesse visitas, às vezes lia um livro sobre o qual falavam muito e, depois, punha-se ao trabalho, ou seja, lia documentos, comparava os testemunhos e mergulhava sob as leis. Isso não lhe era nem entediante nem divertido. Entediante era quando não tinha jogo de *vint*, mas, se não havia *vint*, aquela rotina assim era muito melhor do que ficar sozinho ou com a esposa. O prazer mesmo de Ivan Ilitch era oferecer pequenos jantares, nos quais ele chamava as damas e os homens importantes da alta sociedade, e, assim como sua sala de estar se assemelhava a todas as outras salas de estar, também suas festinhas divertidas se assemelhavam a todas as outras festas desse tipo.

Certa vez, fizeram um baile. Ivan Ilitch estava alegre, e tudo corria bem; houve apenas uma grande briga com a esposa por causa de bolos e bombons: Praskóvia Fiódorovna tinha um plano, mas Ivan Ilitch insistiu para trazer tudo de um caro confeiteiro; encomendou bolos demais, e o desentendimento ocorreu porque alguns deles sobraram e a conta da confeitaria ficou em quarenta e cinco rublos. A briga foi grande e desagradável, de modo que Praskóvia Fiódorovna lhe disse: "Seu tolo, lerdo". Mas ele se conteve, em sua cabeça e em seu coração, para não falar em separação. Apesar disso, a noite, em si, tinha sido alegre. Ali estava a nata da sociedade, e Ivan Ilitch dançou com a princesa Trufonova, irmã do distinto fundador da instituição "Remova a minha dor". O prazer profissional estava ligado aos prazeres do orgulho o prazer social, aos prazeres da vaidade; porém, o verdadeiro prazer de Ivan Ilitch era jogar de *vint*. Ele confessava que, depois de tudo, depois de quaisquer eventos infelizes em sua vida, seu prazer, o qual ardia como uma vela, antes de qualquer outra coisa, era sentar-se com bons jogadores e parceiros discretos de *vint*, e certamente em grupos de quatro (em grupos de cinco era muito ruim jogar, embora ele também fingisse que gostava muito), conduzir um jogo sério e inteligente (quando as cartas permitiam) e depois jantar e beber um copo de vinho. E, após o *vint*, sobretudo depois de uma pequena vitória (uma grande era desagradável), Ivan Ilitch ia dormir com um bom humor especial.

Assim eles viviam. O círculo social que formaram era o melhor; recebiam tanto pessoas importantes quanto jovens.

O marido, a mulher e a filha estavam de acordo, e, sem combinar, eles deixaram de lado e se livraram dos parentes pobres e dos amigos maltrapilhos que, com muitas demonstrações de afeto, despejavam na sala de estar, com seus pratos japoneses nas paredes. Logo esses amigos miseráveis deixaram de aparecer, e somente os melhores permaneceram na casa dos Golovins. Os jovens cortejavam Lízanka, e Petróvitch, filho de Dmitri Ivánovitch Petróvitch, único herdeiro de sua fortuna e juiz de instrução, também passou a cortejá-la, de modo que Ivan Ilitch chegou a comentar a respeito com Praskóvia Fiódorovna e considerou se não deveriam deixá-los passear de troica ou combinar de irem assistir a um espetáculo.

Assim eles viviam, e tudo corria bem, sem mudanças, e com a vida fluindo agradavelmente.

4

Todos estavam saudáveis. Não se podia chamar de problema de saúde aquilo que Ivan Ilitch dizia sentir: um gosto estranho na boca e certo desconforto no lado esquerdo da barriga.

Entretanto, aconteceu que o desconforto começou a aumentar e a se transformar não em dor propriamente dita, mas em uma sensação constante de peso no flanco e mau humor. A irritação, que aumentava cada vez mais, começou a estragar o prazer de uma vida fácil e decente que se havia estabelecido na família Golovin. O casal começou a brigar cada vez mais, e logo esmaeciam o prazer e a bem-aventurança, e mantinha-se a decência com dificuldade. As brigas, mais uma vez, passaram a ser frequentes. De novo, restaram apenas aquelas ilhotas, e ainda assim eram poucas, em que o marido e a mulher podiam interagir sem que houvesse uma explosão.

E Praskóvia Fiódorovna, agora não sem razão, dizia que seu marido tinha uma personalidade difícil. Com seu hábito peculiar de exagerar, afirmava que ele sempre tivera uma personalidade tão horrível que fora necessária a bondade dela para suportar aquilo por vinte anos. A verdade era que, agora, as brigas partiam dele. Seus acintes começavam sempre antes do jantar e, muitas vezes, exatamente quando ele começava a tomar a sopa. Ora notava que alguma louça estava danificada, ora a comida não estava boa, ora o filho tinha colocado o cotovelo sobre a mesa, ora o penteado da filha o incomodava. E ele culpava Praskóvia Fiódorovna por tudo. Primeiro, ela objetava e dizia-lhe coisas desagradáveis, mas ele, umas duas vezes, logo no início do jantar, teve um acesso de raiva tão grande que ela entendeu que aquela condição dolorosa estava ligada ao ato de comer, e resignou-se; já não se opunha, apenas se apressava em terminar de jantar.

Praskóvia Fiódorovna atribuía-se grande mérito por sua resignação. Decidindo que seu marido tinha uma personalidade horrível e fazia de sua vida uma miséria, ela começou a sentir pena de si mesma. E, quanto mais sentia pena de si mesma, mais odiava o marido. Começou a desejar que ele morresse, mas não podia querer tal coisa, porque não teria mais o ordenado dele, e isso a colocava mais ainda contra ele. Sentia-se terrivelmente infeliz pelo fato de que nem mesmo a morte dele poderia salvá-la, e ela se irritava, mas escondia isso, e sua irritação velada aumentava a irritação dele.

Após uma cena em que Ivan Ilitch fora particularmente injusto e depois da qual, ao explicar, disse que estava mesmo irritado, mas que era por causa da doença, ela respondeu que, se estava doente, então precisava se tratar e exigiu que ele fosse a um conceituado médico.

Ele foi. Correu tudo como esperava e como tudo sempre acontece: tanto a espera quanto a importância simulada do doutor, que ele conhecia tão bem, e aquela mesma que ele empregava no tribunal; as batidas, a ausculta e as perguntas que requerem determinadas respostas imediatas e obviamente inúteis; e, por fim, o olhar significativo que dizia que as pessoas deveriam apenas se submeter a eles, pois resolveriam tudo – sabiam de tudo e não tinham dúvidas, solucionariam tudo sempre da mesma forma para qualquer pessoa que desejasse. Tudo foi exatamente como no tribunal. Assim como ele fingia para os réus no tribunal, o famoso médico também estava fingindo para ele.

O médico disse: "Isso e aquilo indicam que o senhor tem isso e aquilo; porém, se isso não for confirmado pelo exame disso e daquilo, então você deve presumir isso e aquilo. Se presumir isso, então... *et cetera*". Para Ivan Ilitch, era importante apenas uma pergunta: a sua situação era de risco ou não? Mas o médico ignorou essa inapropriada pergunta. Do ponto de vista do médico, a pergunta era ociosa e não se encontrava sujeita a discussão; só existia a ponderação de probabilidades: rins flutuantes, catarro crônico e doença do ceco. Não era a pergunta sobre a vida de Ivan Ilitch, mas a discussão entre o rim flutuante e o ceco. E nessa discussão, aos olhos de Ivan Ilitch, o médico resolveu brilhantemente em favor do ceco, fazendo a reserva de que um exame de urina poderia fornecer novas pistas, e que o caso poderia ser revisado. Tudo isso se deu exatamente como o próprio Ivan Ilitch fazia, milhares de vezes, de maneira tão brilhante, com os réus. Da mesma maneira tão brilhante, rejubilante e até mesmo alegre, o médico fizera sua análise, olhando por cima dos óculos para o réu. E, então, a partir dessa análise, Ivan Ilitch chegou à conclusão de que estava mal, mas que, para o médico, e talvez para todos, aquilo fosse indiferente, mesmo que para ele fosse ruim. E essa conclusão o atingiu de forma dolorosa, provocando-lhe um grande sentimento de autopiedade e raiva pela indiferença do médico em relação a uma questão tão importante.

Mas ele não disse nada, levantou-se, colocou o dinheiro sobre a mesa e, suspirando, disse:

– Nós, os doentes, provavelmente, muitas vezes lhes fazemos perguntas inadequadas – falou ele. – Em geral, é uma doença grave ou não?

O médico olhou para ele de forma severa por sobre os óculos, como se estivesse dizendo: "O réu, se não permanecer nos limites das questões a ele estabelecidas, forçar-me-á a ordenar que o retirem da sessão".

– Eu já lhe disse aquilo que considerava importante e adequado – retrucou o médico. – Os exames darão mais detalhes. – E o médico curvou-se.

Ivan Ilitch saiu devagar, tristemente se sentou no coche e foi para casa. Por todo o caminho, ele não parava de pensar em tudo aquilo que o médico dissera, tentando traduzir todas as palavras confusas, termos científicos obscuros, para uma língua simples e, nela, ler a resposta à sua pergunta: estou mal, muito mal ou não é nada? E pareceu-lhe que o significado de tudo aquilo que o médico dissera era muito ruim.

Nas ruas, tudo parecia triste a Ivan Ilitch. Os cocheiros eram tristes, as casas eram tristes, os transeuntes e as barracas eram tristes. A dor era a mesma, surda, lancinante dor, que não cessava nem por um segundo, mas que agora parecia, por causa das obscuras palavras do médico, ser outra coisa, muito mais séria. Ivan Ilitch lidava com ela com um novo e pesado sentimento.

Ele chegou em casa e começou a contar tudo para a sua mulher. A esposa ouviu, mas a filha, no meio da história, entrou de chapéu na cabeça, pronta para sair com a mãe. Com esforço, ela sentou-se para ouvir aquela chatice, mas não resistiu por muito tempo, e a mãe também não a ouviu até o fim.

– Bem, eu estou muito feliz – disparou a esposa. – Agora, veja bem, você tome o remédio corretamente! Dê a receita! Eu vou mandar Guerássim à farmácia. – E foi se vestir.

Enquanto ela estivera na sala, ele mal tivera tempo de respirar; então, suspirou profundamente quando ela saiu.

– Pois bem – disse ele –, pode ser que não seja nada ainda...

Ele passou a tomar os remédios, a seguir as orientações do médico, que foram alteradas depois de sair o resultado do exame de urina. Mas, então, houve certa contradição entre as indicações extraídas do exame e os sintomas que se apresentaram. Descobriu que o que lhe estava acontecendo era diferente do que o médico lhe havia dito: ou ele tinha se esquecido ou se enganado, ou até estava escondendo algo dele.

No entanto, o médico não podia ser responsabilizado por isso, e Ivan Ilitch continuou cumprindo precisamente as instruções e, assim, encontrou certo consolo pela primeira vez.

A principal ocupação de Ivan Ilitch, depois da visita ao médico, era cumprir corretamente as orientações a respeito da higiene, da ingestão dos remédios, da observação da sua dor e de todas as funções do organismo. As doenças e a saúde humanas se tornaram o principal interesse dele. Quando conversava sobre os doentes, os mortos, os curados e sobretudo sobre a doença que o acometia, ele tentava esconder a sua emoção, prestava atenção, perguntava e comparava com o seu caso.

A dor não diminuía, mas ele se esforçava para pensar que estava melhor. E podia enganar a si próprio, desde que nada o incomodasse. Mas, assim que aconteciam coisas desagradáveis com a esposa, qualquer fracasso no trabalho, ou até mesmo quando recebia cartas ruins no *vint*, sentia toda a força de sua doença: antes, ele suportava tais derrotas, acreditando que logo o pior passaria, venceria, teria sucesso, o *grand slam*[15]; agora, todo fracasso o derrubava e o fazia mergulhar em desespero. Ele dizia para si mesmo: "Comecei a me recuperar agora, e o remédio já está começando a agir, e eis essa maldita desgraça ou incômodo...". Então, ficava zangado com o infortúnio ou com as pessoas que lhe causavam problemas, acabando com ele, pois sentia que toda essa raiva o estava matando; porém, não podia contê-la. Aparentemente, deveria ter ficado claro

[15] "Grande conquista", do francês russificado no original. (N.T.)

para ele que essa raiva em relação às circunstâncias e às pessoas agravava sua doença, e, portanto, precisava ignorar os acontecimentos desagradáveis. Contudo, ele fazia o raciocínio exatamente oposto: dizia que precisava de tranquilidade, observava tudo o que perturbava essa tranquilidade, e, a qualquer perturbação, por menor que fosse, se irritava. A sua situação piorou pelo fato de ele ler livros de medicina e consultar médicos. A piora ocorria de forma tão uniforme que ele podia se enganar ao comparar um dia com o outro – a diferença era pequena. Mas, quando ele se consultava com os médicos, parecia-lhe que estava piorando, e até mesmo muito rápido. Apesar disso, continuou se consultando.

Naquele mês, ele visitou outro especialista, que disse quase a mesma coisa que o primeiro profissional consultado, mas também lhe deixou dúvidas. E isso só agravou as incertezas e o pavor de Ivan Ilitch. Um amigo de seu amigo, um médico muito bom, diagnosticou-lhe uma doença muito diferente, e, embora lhe prometesse a cura, suas questões e suposições o confundiram ainda mais e reforçaram suas incertezas. O homeopata diagnosticou também outra doença e lhe receitou um remédio, que Ivan Ilitch, em segredo, tomou por uma semana. Entretanto, após esse período, sem ter a sensação de alívio e perdendo a confiança naquele tratamento e nos anteriores, caiu em um desânimo ainda maior.

Certa vez, uma conhecida dama mencionou uma cura por meio de um milagreiro. Ivan Ilitch se pegou prestando atenção naquilo e acreditando na realidade do fato. Esse incidente o deixou assustado. "Será que sou tão fraco mentalmente?", perguntou a si mesmo. "Um absurdo! Tudo bobagem, não preciso sucumbir a tais suspeitas, mas, sim, escolher um médico e seguir corretamente o seu tratamento. Assim vou fazer. Agora chega! Não vou pensar mais nisso, e até o verão vou cumprir corretamente o tratamento. Aí vamos ver. Agora chega dessas oscilações!" Dizer era fácil, mas impossível de cumprir.

A dor lateral o torturava e parecia aumentar, incessantemente; e o gosto na sua boca foi ficando cada vez mais estranho, parecendo-lhe que exalava algo repugnante, o que lhe enfraquecia o apetite e as forças. Não podia enganar-se: algo horrível, novo e mais significativo do que qualquer coisa antes em sua vida estava acontecendo com ele. Sabia disso, ainda que as pessoas ao redor não quisessem perceber e pensassem que tudo no mundo ainda era como antes. Isso era o que mais o atormentava. Em casa principalmente a esposa e a filha, que estavam no auge dos passeios –, não percebiam nada ficavam irritadas com o fato de ele estar infeliz e exigente, como se fosse o culpado daquela situação. Embora elas tentassem esconder, ele via que era um fardo e que a esposa elaborara para si atitude-padrão em relação à sua doença e suportava-o, independentemente do que ele dissesse ou fizesse. A atitude era a seguinte:

– Vocês sabem – dizia ela aos conhecidos –, Ivan não pode cumprir corretamente o tratamento prescrito, como todas as boas pessoas. Hoje, ele toma suas gotas, come o que lhe foi prescrito e dorme no horário; amanhã, de repente, se eu me distraio, ele se esquece de tomá-las, come esturjão (que é proibido) e senta-se atrás da mesa de *vint* até uma hora da manhã.

– Bem, e quando foi isso? – perguntou Ivan Ilitch irritado. – Uma vez na casa de Piotr Ivánovitch.

– E ontem com Chebék.

– Tanto faz, eu não podia dormir, por causa da dor...

– Que seja, mas assim você nunca vai se curar e continuará a nos atormentar.

A atitude de Praskóvia Fiódorovna expressava, tanto para os outros como para o marido, que ele era o culpado pela própria doença e por outros incômodos que causava a ela. Ivan Ilitch sentia que sua mulher dizia isso involuntariamente, mas não era fácil para ele.

Também no tribunal, passou a notar, ou pensou ter notado, uma atitude estranha em relação a ele: ora lhe parecia que o olhavam fixamente, como se estivessem vendo um homem que logo deixaria vago seu lugar, ora, de repente, que seus amigos começaram a brincar com a sua desconfiança como se aquela coisa terrível, assustadora e inédita, que o consumia e sugava, incontrolavelmente, atraindo-o para algum lugar distante, fosse o assunto mais divertido para se fazer piadas. Sobretudo Schwartz o irritava, com sua jocosidadde, vitalidade e savoir-faire, que o lembravam de como ele tinha sido dez anos atrás.

Certo dia, alguns amigos vieram para uma partida de cartas e se sentaram para jogar. Eles embaralharam e distribuíram as cartas. Quando Ivan Ilitch estava separando o naipe de ouros em sua mão, descobriu que tinha sete deles. Seu parceiro disse: “Sem trunfo” e o apoiou com mais dois ouros. O que mais ele poderia querer? Seria divertido e animado.Conseguiriam um *slam*. Mas, de repente, ele sentiu a dor lancinante, o gosto em sua boca, e lhe pareceu ridículo que em tais circunstâncias pudesse se alegrar com um *slam*.

Ele olhou para Mikhail Mikháilovitch, seu parceiro, que bateu na mesa com a mão, vigorosamente, e absteu-se, educadamente, de pegar mais cartas, movendo-as para perto de Ivan, para que ele as alcançasse sem precisar estender o braço. "Mas o que ele está achando? Que estou tão fraco assim que não posso nem estender o braço um pouco mais?", pensou Ivan Ilitch, esquecendo-se do trunfo e o descartando, perdendo, assim, o *slam* por três trunfos; e o mais terrível é que ele viu como Mikhail Mikháilovitch ficou chateado com isso, mas não se importou. Foi horrível pensar por que ele não se importou.

Todos viam que era difícil para ele e lhe diziam: "Nós podemos parar, se você estiver cansado. Descanse"! Descansar? Não, não estava nem um pouco cansado; eles finalizaram a rodada tristes e calados. Ivan Ilitch sentia que lhes transmitia tristeza e não era capaz de dissipá-la. Eles jantaram e dispersaram-se, e Ivan Ilitch ficou sozinho com a consciência de que sua vida era envenenada e estava envenenando a vida dos outros, e o veneno não estava enfraquecendo, mas, sim, penetrando cada vez mais em toda a sua existência.

Com tal consciência, e ainda com dor, precisava ir para a cama, mas muitas vezes, não dormia a maior parte da noite. E de manhã, mais uma vez, tinha de levantar-se, vestir-se, ir para o tribunal, falar, escrever; porém, podia não ir e ficar em casa as vinte e quatro horas do dia, das quais cada uma era um tormento. Era preciso viver assim, à beira da ruína, sem nenhuma pessoa que o compreendesse nem sentisse pena dele.

5

Assim foi por um mês ou dois. Antes do Ano-Novo, chegou à cidade seu cunhado para ficar com eles. Ivan Ilitch estava no tribunal. Praskóvia Fiódorovna tinha ido às compras. Ao voltar do trabalho e entrar no escritório da casa, ele encontrou ali o cunhado, saudável, cheio de vigor, desfazendo as malas. Ele ergueu a cabeça ao ouvir os passos de Ivan Ilitch e lhe deu uma olhada por um segundo, em silêncio. Ivan Ilitch percebeu tudo naquele olhar. O cunhado abriu a boca, para esboçar uma reação de surpresa, mas conteve-se. Aquele movimento confirmou tudo.

– Eu mudei, não é?

– Sim... Há uma mudança.

E, por mais que depois Ivan Ilitch dirigisse a conversa ao cunhado a respeito de sua aparência, este se mantinha em silêncio. Praskóvia Fiódorovna chegou, e o cunhado foi falar com ela. Ivan

Ilitch trancou a porta à chave e começou a olhar-se no espelho, de frente, depois de lado. Pegou o seu retrato com a esposa e comparou-o com o que via no espelho. A mudança era enorme. Depois, ele arregaçou as mangas até os cotovelos, olhou, abaixou as mangas de volta, sentou-se no divã otomano e ficou mais sombrio que a noite.

"Não, não, isso não vai dar certo!", disse para si mesmo, saltou do divã, aproximou-se da mesa, pegou uns documentos, começou a lê-lo, mas não conseguiu continuar. Ele destrancou a porta e foi para a sala. A porta da sala de estar estava fechada. Ele aproximou-se dela, na ponta dos pés, e começou a ouvir.

– Não, você está exagerando – dizia Praskóvia Fiódorovna.

– Como exagerando? Você não vê que ele é um homem morto? Olhe nos olhos dele. Não há luz. E o que ele tem?

– Ninguém sabe. Nikoláev – outro médico – falou uma coisa, mas eu não sei o quê. Leschetítski – um especialista – disse o contrário...

Ivan Ilitch afastou-se, voltou para o quarto, deitou-se e começou a pensar: "O rim, o rim flutuante". Lembrou-se de tudo o que os médicos lhe disseram sobre como esse órgão havia se soltado e estava vagueando. E, com um esforço da imaginação, tentou pegar aquele rim e pará-lo, fortalecê-lo; parecia-lhe que precisava de tão pouco. "Não, vou até Piotr Ivánovitch" (era aquele amigo cujo amigo era médico). Ele tocou a campainha, mandou selar o cavalo e preparou-se para ir.

– Para onde vai, Jean[16]? – perguntou a esposa, com uma expressão especialmente triste e estranhamente gentil.

[16] Versão francesa do nome Ivan. Era comum que famílias nobres usassem entre si versões francesas ou inglesas de seus nomes. (N.T.)

Essa gentileza incomum o exasperou. Ele olhou mau humorado para ela.

– Preciso ver Piotr Ivánovitch.

Ele foi até o amigo, que era amigo de um médico, e juntos foram à casa do profissional. Lá o encontraram, e Ivan Ilitch conversou com ele por um longo tempo.

Considerando os detalhes anatômicos e fisiológicos sobre o que, na opinião do médico, lhe acontecia, ele entendeu tudo.

Era uma coisa no ceco, coisa pequena. Tudo podia ser curado. Aumentar a energia de um órgão, enfraquecer a atividade de outro, fazer uma absorção, e tudo ficaria resolvido. Ele atrasou-se um pouco para o jantar. Jantou, conversou alegremente, mas ficou por um bom tempo sem conseguir encarregar-se das suas tarefas. Então foi para o escritório e, imediatamente, pôs-se a trabalhar. Lia um caso e trabalhava, mas a consciência de que ele tinha um assunto importante e íntimo pendente, com o qual lidaria ao final, não o abandonava. Quando terminou o caso, lembrou-se de que o tal assunto íntimo era o pensamento a respeito do ceco. Mas não se entregou e foi para a sala de estar tomar chá. Havia convidados, que falavam, tocavam piano e cantavam, incluindo o juiz de instrução, o cobiçado noivo de sua filha. Ivan Ilitch passou a noite, sob a observação de Praskóvia Fiódorovna, mais alegre do que todos, mas não se esquecia, nem por um minuto, de que tinha um assunto importante e pendente sobre o ceco. Às onze horas, despediu-se e retirou-se para o quarto. Ele dormia sozinho, desde a doença, em um pequeno quarto junto ao escritório. Despiu-se e pegou um romance de Zola, mas não o leu, apenas ficou pensando. Em sua imaginação, passava aquele desejo de correção do ceco. Foi absorvido, descartado, e a atividade correta foi restabelecida. “Sim, é isso!”, disse a si mesmo. “Só preciso ajudar a natureza.” Lembrou-se do medicamento, ergueu-se, tomou-o, deitou-se de barriga para cima, prestando atenção na maneira como o medicamento agia e eliminava a dor. “É só tomá-lo corretamente e evitar as influências prejudiciais; agora eu já me sinto um pouco melhor, muito melhor.” Começou a tocar a lateral de sua barriga, e não doía. “Sim, eu não sinto, é certo, já estou muito melhor.” Apagou a vela e deitou-se de lado... “O ceco corrigiu-se, está sendo absorvido.” De repente, sentiu a velha, conhecida, maçante dor excruciante, resistente, silenciosa e grave. Na boca, o azedume já conhecido. O coração foi sugado, e a cabeça escureceu. “Meu Deus, Meu Deus!”, pensou ele. “Outra vez, outra vez, e nunca vai parar.” E, de repente, a situação apresentou-se sob um aspecto bem diferente. “O ceco! O rim!”, disse para si mesmo. “Não é questão de ceco nem de rim, mas de vida e... morte. Sim, havia vida e está partindo, e eu não posso segurá-la. Sim. Por que me enganar? Talvez não seja óbvio a todos, além de mim, que eu estou morrendo, e será em questão de algumas semanas apenas, dias ou, quem sabe, agora. Antes era luz, mas agora é escuridão. Antes eu estava aqui, mas agora vou para lá! Para onde?” Ele foi tomado pelo frio, e a respiração parou. Ouvia apenas as batidas do coração.

“Eu não existirei, então, o que existirá? Não existirá nada. Então onde eu estarei, quando eu não existir? Será assim a morte? Não,

não quero." Ele levantou-se, queria acender uma vela, atrapalhou-se com as mãos trêmulas e deixou a vela com o castiçal cair no chão e, mais uma vez, jogou-se para trás, sobre o travesseiro. "Para quê? Tanto faz", dizia para si mesmo, com os olhos abertos olhando para a escuridão. "A morte. Sim, a morte. Eles não sabem, e não querem saber, e não têm pena. Eles estão se divertindo." Ele ouvia de longe, por trás da porta, a reverberação das vozes e os ritornelos. "Tanto faz para eles, mas eles também morrerão. Estúpidos. Primeiro eu, depois eles; mas também irão. E eles estão se divertindo. Bastardos!" A raiva o sufocava. E ele sentiu pesar, um pesar insuportavelmente opressor. Não era possível que todos estivessem sempre condenados a esse terrível medo. Ele levantou-se.

"Há algo de errado; preciso acalmar-me, preciso pensar em tudo de novo." E começou a refletir. "Sim, o início da doença. Bati meu quadril e continuei o mesmo, tanto naquele dia quanto no dia seguinte; um pouco de dor, depois o médico, então o desânimo, a angústia, outra vez o médico; e eu andei mais perto, mais perto do abismo. Menos força. Mais perto, mais perto. E aqui estou eu, definhando, não tenho luz em meus olhos. E a morte, e eu pensando no intestino. Pensando em como recuperar o intestino, mas é a morte. Será a morte?" Outra vez ele sentiu horror, estava sem fôlego, curvou-se e começou a procurar pelos fósforos; pressionou os cotovelos sobre o criado-mudo. O criado-mudo atrapalhava e causava-lhe dor. Ele ficou zangado e, por despeito, fez ainda mais pressão e tombou o criado-mudo. Desesperado, ofegante, caiu de costas, esperando a morte imediata.

Os convidados estavam indo embora justamente naquele momento. Praskóvia Fiódorovna os acompanhava. Ela, então, ouviu o barulho e entrou.

– O que está fazendo?

– Nada. Deixei cair sem querer.

Ela saiu e trouxe uma vela. Ele estava ali caído, ofegante, como se tivesse corrido uma versta[17].

– O que está fazendo, Jean?

– Na...da. Dei...xei ca...ir.

"O que dizer? Ela não vai entender", pensou ele.

E certamente ela não entendeu. Ela o levantou, acendeu uma vela para ele e saiu rapidamente: precisava acompanhar os convidados.

Quando retornou, ele estava deitado de costas, olhando para cima.

– O que há com você? Piorou?

– Sim.

Ela balançou a cabeça e sentou-se.

– Sabe, Jean, estou pensando se não é mais prudente chamar o Leschetítski.

Isso significava chamar o médico especialista sem ter pena de gastar dinheiro. Ele deu um sorriso sarcástico e disse: "Não". Ela sentou-se, aproximou-se e beijou-lhe a testa.

Ele a odiou com todas as suas forças no momento em que ela o beijou, e fez um esforço para não a afastar.

– Adeus. Se Deus quiser, você adormecerá.

– Sim.

[17] Antiga unidade de medida russa. Uma versta equivale a 1,067 km. (N.T.)

6

Ivan via que estava morrendo e ficava em constante desespero.

Ele sabia, no fundo da alma, que estava morrendo, mas não só não se acostumava com esse fato como também simplesmente não o entendia nem conseguia aceitá-lo.

Aquele exemplo de silogismo, que aprendera com a Lógica de Kiesewetter[18]: "Caio é uma pessoa. As pessoas são mortais. Portanto, Caio é mortal", parecera-lhe, durante toda a vida, correto em relação a Caio, mas não em relação a ele. Caio era uma pessoa, uma pessoa comum, e isso era perfeitamente justo; mas ele não era Caio nem era uma pessoa comum. Ele sempre fora muito, muito especial em relação a todas as outras criaturas; ele tinha sido o pequeno

[18] Filósofo alemão (1766-1819), seguidor de Immanuel Kant. (N.T.)

Vânia[19], com uma mamãe e um papai, com Mítia[20] e Volódia[21], com os brinquedos, o cocheiro, a babá, depois com Kátienka[22], com todas as alegrias, as tristezas, os prazeres da infância, da juventude e da mocidade. O que Caio sabia sobre o cheiro daquela bola de couro listrada de que Vânia tanto gostava? Será que Caio havia beijado a mão da mãe assim como ele fizera, e para Caio, a seda do vestido dela farfalhava da mesma maneira que a da sua mãe? Será que ele também se revoltara na escola quando a massa de *pirojki*[23] estava crua. Será que Caio também tinha se apaixonado? Será que Caio podia presidir uma sessão como ele fazia?

"E Caio realmente é mortal, e é certo que ele vai morrer, mas comigo, Vânia, Ivan Ilitch, com todos os meus sentimentos e pensamentos, é outra história. Não é possível que eu tenha de morrer. Isso seria horrível demais!"

Era assim que ele se sentia.

"Se eu fosse morrer como Caio, então eu saberia, minha voz interior assim teria me dito, mas eu nunca senti nada parecido com isso; tanto eu quanto os meus amigos sabíamos que nossa situação seria completamente diferente da de Caio. E agora aqui estou!", pensava. "Não pode ser. Não pode ser, mas é. Como pode? Como entender isso?"

Ele não conseguia entender e tentava afastar aquele pensamento mentiroso, incorreto e doentio, e suplantá-lo com outros corretos

---

[19] Diminutivo de Ivan. (N.T.)

[20] Diminutivo de Dmitri. (N.T.)

[21] Diminutivo de Vladímir. (N.T.)

[22] Diminutivo de Iekaterina. (N.T.)

[23] Pãezinhos assados ou cozidos, recheados com carne, vegetais ou outros ingredientes. (N.T.)

e saudáveis. Mas tal pensamento, e não apenas ele como também a realidade, parecia se aproximar e confrontá-lo.

Ele pedia que outros pensamentos se revezassem no lugar daquele, na esperança de, neles, encontrar apoio, ele tentava retornar aos antigos fluxos de pensamento que o assombravam antes de refletir sobre a morte. Mas, estranhamente, tudo aquilo que antes afastava, escondia e eliminava a consciência da morte, já não surtia o mesmo efeito.

Nos últimos tempos, Ivan Ilitch passara a maior parte do tempo naquelas tentativas de recuperar os antigos sentimentos que ofuscavam a morte. Então dizia para si mesmo: "Vou para o trabalho, afinal, eu vivia para ele". E, afastando todas as dúvidas, ele ia para o tribunal, conversava com seus colegas e sentava-se despreocupadamente, examinando a multidão com um olhar pensativo e apoiando as mãos emagrecidas nos braços de sua cadeira de carvalho. Curvando-se como de costume para um colega e puxando seus documentos para mais perto, trocava sussurros com ele e, de repente, levantando os olhos e sentando-se ereto, proferia certas palavras e iniciava os procedimentos. Mas, de repente, nesse meio-tempo, a dor em seu lado, independentemente da etapa que os procedimentos tivessem alcançado, começava a fazer seu próprio trabalho corroedor. Ivan Ilitch tentava prestar atenção, afastar o pensamento *dela*, mas *ela* continuava, vinha e permanecia diante dele, olhando-o; ele ficava petrificado, com os olhos em chamas, e começava a perguntar-se novamente se aquilo era real. E os companheiros e subordinados, com espanto e tristeza, viam que ele, tão brilhante e fino juiz, estava ficando confuso e cometendo erros. Ele sacudia-se, tentava recobrar a razão e, de alguma forma, conduzia a sessão até o final e voltava para casa com uma triste consciência de não poder, como antes, com seus afazeres jurídicos, esconder de si aquilo que queria esconder: ele não conseguia livrar-se *dela*. E, o que era pior, *ela* o atraía para si mesma, não para que ele pudesse fazer alguma coisa, mas apenas para que olhasse para *ela*, diretamente em seus olhos, e, não podendo fazer nada, ficasse indizivelmente torturado.

Para escapar desse estado, Ivan Ilitch procurava consolações, disfarces, que o salvavam por um curto período de tempo, mas pouco duravam ou se tornavam transparentes, e novamente *ela* penetrava em tudo, e nada podia bloqueá-la.

Em um desses momentos, ele se imaginava entrando na sala de estar que decorara, na mesma sala de estar em que caíra e sacrificara a vida pela reforma, porque sabia que sua doença começara com aquele ferimento; entrava e via que, na mesa laqueada, havia uma marca feita por algum objeto. Ele procurava a causa e a encontrava no enfeite de bronze de um álbum. Pegava o álbum caro, que ele próprio organizara com amor, e se irritava com o desleixo da filha e de seus amigos, pois estava rasgado e com algumas fotografias invertidas. Ele colocava tudo cuidadosamente em ordem e arrumava novamente o enfeite.

Então, vinha-lhe ao pensamento todo esse *établissement*[24] com a mudança de todas aquelas coisas para outro canto da sala, perto

[24] "Estabelecimento", "constituição", "criação", do francês no original. (N.T.)

das flores. Chamava o lacaio, mas ou a filha ou a esposa vinha com o intuito de ajudar; eles não entravam em acordo, ele era contestado, discutia e se irritava; porém, tudo estava bem, porque não se lembrava da dor, *ela* não estava evidente.

Mas eis que, quando ele próprio estava movendo algo, a esposa dizia: "Deixe os empregados fazerem isso, você vai se ferir novamente!", e de repente *ela* surgia através daquela cena, e ele passava a vê-*la*. *Ela* surgia, ainda que ele desejasse que *ela* se escondesse, mas, inconscientemente, passava a prestar atenção no seu quadril, e ali estava a dor de sempre, e ele já não podia esquecê-la, e *ela* claramente olhava para ele por trás das flores. "Para que tudo isso?"

"É realmente assim! Eu perdi minha vida por causa daquela cortina, assim como podia ter ocorrido caso eu invandisse uma fortaleza. É possível? Quão terrível e quão estúpido! Não pode ser verdade! Não pode, mas é."

Ele ia, então, para o quarto, deitava-se e ficava com *ela* mais uma vez. Olhos no olhos *dela*, e não havia nada a fazer, senão olhar para *ela* e tremer.

7

Era impossível dizer como se dera aquilo, porque acontecera passo a passo, discretamente, mas, de repente, que a esposa, a filha, o filho, os criados, os conhecidos, os médicos e, principalmente, ele mesmo souberam que o interesse de todos por ele era apenas se, que em breve, finalmente, ele esvaziaria o lugar, libertando os vivos do desconforto produzido por sua presença e livrando a si mesmo de seus sofrimentos.

Ele dormia cada vez menos; davam-lhe ópio e começaram a injetar-lhe morfina. Mas isso não o aliviava. A angústia maçante que ele sentia nesse estado semiadormecido, o qual apenas no início lhe trouxera alívio por ser algo novo, agora tinha se tornado tão sofrida quanto a própria dor, ou ainda mais.

Preparavam refeições especiais para ele por instrução dos médicos; porém, a comida lhe era cada vez mais sem sabor, cada vez mais repugnante.

Para defecar também foram feitos acessórios especiais, e toda vez era um tormento. O tormento de sua imundície, da indecência e do cheiro, da consciência de que outra pessoa deveria participar daquilo.

Contudo, nesse mesmo assunto desagradável apareceu um consolo para Ivan Ilitch. O auxiliar de copeiro Guerássim sempre vinha ajudá-lo.

Guerássim era um jovem mujique asseado, disposto e que engordara com a comida da cidade. Sempre alegre e sereno. À primeira vista, Ivan Ilitch ficara constrangido com aquela pessoa sempre limpa e vestida como um russo, que fazia aquele serviço desagradável.

Uma vez, levantando-se do penico e sem forças para erguer as calças, tombou sobre a poltrona e olhou com horror para as suas coxas impotentes e nuas, com os músculos bem marcados.

Guerássim entrou com suas botas grossas e passos rápidos e fortes, espalhando ao redor um cheiro agradável de alcatrão das botas e do frescor do ar invernal, vestindo um limpo avental de cânhamo e camisa limpa de chita, com as mangas arregaçadas nos braços nus, fortes e jovens, e, sem olhar para Ivan Ilitch, foi até o penico, claramente se segurando para não constranger o doente com a alegria da vida, radiante em seu rosto.

– Guerássim – disse fracamente Ivan Ilitch.

Guerássim estremeceu, obviamente, assustado com algo que pudesse ter feito de errado, e, com um movimento rápido, virou para o doente o seu rosto jovial, bondoso, simples e disposto, no qual estava apenas começando a crescer a barba.

– O que deseja?

– Acho que isso é desagradável para você. Desculpe-me. Eu não consigo.

– Perdão, senhor. – Guerássim piscou os olhos e mostrou os seus joviais dentes brancos. – Por que eu não o faria? O caso do senhor é de doença.

E ele fez seu trabalho de costume, com mãos fortes e precisas, e saiu pisando levemente. E, depois de cinco minutos, retornou com a mesma leveza.

Ivan Ilitch ainda estava sentado na poltrona.

– Guerássim – chamou ele, enquanto o rapaz colocava o penico de volta no lugar, limpo e lavado. Por favor, ajude-me, venha aqui! – Guerássim aproximou-se. – Levante-me! É difícil para mim sozinho, e eu dispensei o Dmitri.

Guerássim aproximou-se; tão leve quanto os próprios passos, abraçou-o de forma hábil e gentil com seus braços fortes, ergueu-o e, com a outra mão, levantou-lhe as calças e quis assentá-lo. Mas Ivan Ilitch pediu-lhe que o levasse ao sofá. Guerássim, sem esforço e como se não fizesse pressão alguma sobre ele, conduziu-o, quase carregado, até o sofá e assentou-o.

– Obrigado. Como você faz tudo muito bem... e de forma hábil!

Guerássim sorriu outra vez e quis sair. Mas ele havia sido tão bom com Ivan Ilitch que ele não queria deixá-lo sair.

– Pois então: mova para mim, por favor, esta cadeira! Não, esta, embaixo dos meus pés. É mais fácil para mim, com as pernas para cima.

Guerássim trouxe a cadeira, colocou-a delicadamente no chão e levantou as pernas de Ivan Ilitch sobre ela. A Ivan Ilitch pareceu que ficava melhor quando Guerássim levantava as suas pernas.

– É melhor quando as minhas pernas estão no alto – explicou Ivan Ilitch. – Coloque aquele travesseiro embaixo.

Guerássim o fez. Levantou-lhe as pernas outra vez e as colocou sobre o travesseiro. Ivan Ilitch se sentira melhor novamente, enquanto Guerássim segurava-lhe as pernas. Quando ele as abaixava, parecia-lhe pior.

– Guerássim – ele disse –, agora você está ocupado?

– De forma alguma, senhor – replicou Guerássim, que aprendera com as pessoas da cidade como falar com os senhores.

– O que mais você precisa fazer?

– O que eu preciso fazer? Está tudo feito... Falta só cortar lenha para amanhã.

– Então segure minhas pernas um pouco mais. Você pode?

– Claro que posso. – Guerássim levantou as pernas para o alto, e pareceu que Ivan Ilitch não sentia dores naquela posição.

– E como ficam as lenhas?

– Não se preocupe. Teremos tempo.

Ivan Ilitch mandou Guerássim sentar-se e segurar as pernas enquanto conversava com ele. E, estranhamente, parecia-lhe que se sentia melhor enquanto Guerássim segurava suas pernas.

Desde então, Ivan Ilitch começou a chamar Guerássim às vezes, fazia-o segurar suas pernas nos ombros, e gostava de conversar com ele. Guerássim fazia isso de bom grado, facilmente, e com uma bondade que comovia Ivan Ilitch. A saúde, a força, a vivacidade em todas as outras pessoas ofendiam-no; apenas a força e a vivacidade de Guerássim não o chateavam, mas sim o acalmavam.

O principal tormento de Ivan Ilitch era a mentira, aquela mentira por algum motivo reconhecida por todos, de que ele estava apenas doente, mas não morrendo, e que precisava apenas ficar tranquilo e curar-se, e então algo muito bom iria acontecer. Ele mesmo sabia que nada aconteceria, além de sofrimentos ainda mais torturantes e da morte, independentemente do que fizessem. E a mentira o atormentava, atormentava-o o fato de que não queriam admitir aquilo que todos sabiam e que ele sabia; queriam mentir para ele a respeito de sua terrível situação e também forçá-lo a participar dessa mentira. Mentira cometida às vésperas de sua morte, mentira incumbida de rebaixar o tão terrível ato solene de sua morte até o nível de todas as suas visitas, das cortinas, dos esturjões para o jantar... Tudo isso era terrivelmente doloroso para Ivan Ilitch. E, estranhamente, quando lhe faziam essas coisas, ficava por um fio de gritar para todos: "parem de mentir! Tanto vocês quanto eu sabemos que estou morrendo então, parem ao menos de mentir!". Mas ele nunca teve coragem de fazê-lo. Ele via que o terrível, o horrível ato de sua morte fora reduzido por todos ao grau de um problema ocasional, em parte indecoroso (assim como lidam com a pessoa que entra na sala de estar e exala um mau cheiro), e isso foi feito com o mesmo "decoro" com que ele servira toda a sua vida; ele via que ninguém sentia pena dele, porque ninguém queria nem mesmo entender sua situação. Apenas Guerássim entendia a situação e sentia pena dele. E por isso Ivan Ilitch ficava bem apenas com Guerássim. Ele ficava bem quando Guerássim, de vez em quando, passava a noite inteira ali e segurava-lhe as pernas, sem querer ir dormir, dizendo: "O senhor não se incomode, ainda irei dormir"; ou quando, de repente, mudando o tratamento para "você", acrescentava: "Caso você não estivesse doente, mas está, então por que não serviria?". Só Guerássim não mentia; aparentemente ficou claro que só ele entendia do que se tratava e não achava necessário esconder, mas apenas sentia pena do fraco e exausto senhor. Ele até mesmo disse, uma vez, quando Ivan Ilitch o dispensou:

– Todos vamos morrer. Por que, então, não fazer um esforço? – disse ele, expressando com isso que não sentia que seu trabalho fosse um fardo, justamente porque o fazia para uma pessoa moribunda, e esperava que alguém fizesse a mesma coisa para ele quando o seu momento chegasse.

Além daquela mentira, ou por causa dela, o mais doloroso para Ivan Ilitch era que ninguém sentia pena dele da maneira como queria que sentissem: algumas vezes, após muito sofrimento, ele desejava mais do que tudo, embora tivesse vergonha de admitir, que alguém sentisse pena dele como sentem de uma criança doente.

Queria que o acariciassem, beijassem e chorassem por ele, como acariciam e consolam as crianças. Ele sabia que era um funcionário importante, que tinha a barba grisalha e que, portanto, isso seria impossível; porém, ainda assim, era o que ansiava. E no relacionamento com Guerássim havia algo próximo disso e, portanto, essa relação o consolava.

Ivan Ilitch estava com vontade de chorar, de que o acariciassem e chorassem por ele, e eis que chega o seu colega Chebék, e, em vez de chorar e de ser acariciado, ele fez uma cara séria, austera, pensativa e, por inércia, passou a opinar a respeito da importância da decisão de cassação do Tribunal e a insistir teimosamente nela. Essa mentira em torno dele, e sobre si mesmo, sobretudo, envenenou-lhe os últimos dias de vida.

8

Era de manhã. E Ivan Ilitch só sabia que era de manhã porque Guerássim havia saído e viera o lacaio Piotr, que apagara as velas, abrira a cortina e começara a limpar silenciosamente o quarto. Quer fosse de manhã, quer fosse de tarde, sexta-feira ou domingo, era tudo igual, sempre a mesma coisa: a dor excruciante e terrível não cessava nem por um momento; a mesma consciência de que sua vida se esvaía sem esperanças, mas ainda não completamente; a mesma iminente e odiosa morte, que era uma realidade, e a mesma mentira. Que diferença faziam semanas, dias, horas?

– Não vai pedir o chá?

"Ele precisa da ordem, de que os senhores tomem chá pela manhã", pensou ele e disse apenas:

– Não.

– Não deseja ir para o sofá?

"Ele precisa colocar os aposentos em ordem, e eu estou atrapalhando, eu sou a imundície, a desordem", ele pensou e disse apenas:

– Não. Deixe-me!

O lacaio ainda ficou se remexendo. Ivan Ilitch estendeu a mão. Piotr aproximou-se, solícito.

– O que deseja?

– O relógio.

Piotr alcançou o relógio que estava à mão e entregou-lhe.

– Oito e meia. Ninguém se levantou?

– O senhor Vassíli Ivánovitch – era o filho –, já foi para a escola, e a senhora Praskóvia Fiódorovna pediu para acordá-la, caso o senhor perguntasse por ela. Deseja?

– Não, não precisa.

"Será que não provo o chá?", pensou ele.

– Sim, o chá… traga!

Piotr foi em direção à saída. Ivan Ilitch estava com medo de ficar sozinho. "O que poderia detê-lo? Sim, o remédio."

– Piotr, dê-me o remédio.

"Porque, talvez, o remédio ainda ajude."

Ele pegou a colher e tomou.

"Não, não ajuda. Isso tudo é um absurdo, um engano", decidiu ele, assim que sentiu aquele gosto enjoativo, familiar, irremediável. "Não, não posso acreditar. Mas a dor, a dor, se ao menos ela sossegasse por um minuto." E ele gemeu. Piotr voltou-se para ele.

– Não, vá! Traga o chá!

Piotr saiu. Ivan Ilitch, sozinho, gemeu não tanto de dor, como se ela não fosse horrível, mas de angústia.

"Tudo a mesma coisa, todos esses intermináveis dias e noites. Se ao menos fosse mais rápido. *O que* seria mais rápido? A morte, a escuridão. Não, não. Tudo é melhor do que a morte!"

Quando Piotr entrou com o chá na bandeja, Ivan Ilitch olhou confuso para ele por um tempo, não entendendo quem e o que era ele. Piotr ficou envergonhado com aquele olhar. E, quando Piotr envergonhou-se, Ivan Ilitch voltou a si.

– Sim – disse ele –, o chá... Bem, sirva. Apenas me ajude a lavar-me e vestir uma camisa limpa.

E Ivan Ilitch começou a lavar-se. Com descaso ele lavou as mãos, o rosto e escovou os dentes; começou a pentear-se e olhou para o espelho. Estava com medo, sobretudo com medo da forma como os cabelos se achatavam na pálida testa.

Enquanto sua camisa estava sendo trocada, ele sabia que seria ainda pior se olhasse para o seu corpo, então não olhou para si mesmo. Finalmente estava pronto. Ele vestiu um roupão de banho, cobriu-se com uma manta e sentou-se na poltrona para tomar o chá. Por um minuto sentiu-se revigorado, mas bastou começar a tomar o chá e, mais uma vez, veio aquele mesmo gosto, aquela mesma dor. Terminou de bebê-lo com grande esforço e deitou-se, esticando as pernas, e dispensou Piotr.

Tudo a mesma coisa. Ora brilhava uma centelha de esperança, ora tempestuava um mar de desespero; tudo era dor e angústia, tudo igual. Ficar sozinho era terrível e triste, dava vontade de chamar alguém, mas ele sabia que na frente dos outros seria ainda pior. "Talvez mais morfina, para esquecer. Eu direi ao médico que invente algo mais. É impossível, não é possível assim."

E assim se passou uma hora, duas. Mas então tocou a campainha na entrada. Talvez fosse o médico. Exatamente, era o médico, disposto, bondoso, gordo, alegre, com aquela expressão de, "se você está com medo de algo, então agora nós vamos resolver tudo para você". O médico sabia que aquela expressão não funcionava ali, mas já a vestira de uma vez por todas e não podia mais despi-la, como uma pessoa que veste o fraque pela manhã e sai para fazer visitas.

O médico esfregava as mãos, animado e consolador.

– Estou com frio. Está um frio danado! Deixe-me me esquentar! – disse ele com uma expressão de que era necessário apenas esperar um pouco, enquanto ele se esquentava, e, quando estivesse aquecido, resolveria tudo.

– Bem, como é?

Ivan Ilitch sentia que o médico queria dizer: "Como vão as coisas?", mas sentia que não podia falar assim e perguntou:

– Como você passou a noite?

Ivan Ilitch olhou para o médico com uma expressão de interrogação: "Será que você nunca se vergonha de mentir?". Mas o médico não quis entender a questão.

E Ivan Ilitch disse:

– É tudo tão horrível! A dor não passa, não desiste. Se ao menos houvesse alguma coisa…

– Sim, vocês, doentes, são sempre assim. Bem, agora parece que eu me aqueci. Nem mesmo a acurada senhora Praskóvia Fiódorovna teria algum argumento contrário em relação à minha temperatura. Bem, olá. – E o médico apertou-lhe a mão.

E, deixando de lado toda a brincadeira anterior, o médico começou a examinar seriamente o doente, o pulso, a temperatura, e iniciaram-se as batidas e a ausculta.

Ivan Ilitch sabia, firme e indubitavelmente, que tudo aquilo era um absurdo e uma farsa, mas, quando o médico, de joelhos, estendeu-se sobre ele, encostando o ouvido ora acima, ora abaixo e fazendo diversos exercícios sobre ele, com uma expressão significativa no rosto, Ivan Ilitch prestava-se àquilo como se prestava, às vezes, aos discursos dos advogados, que ele sabia muito bem serem mentirosos e o porquê de mentirem.

O médico, ajoelhado no sofá, ainda o sondava, quando o vestido de seda de Praskóvia Fiódorovna começou a farfalhar à porta, e ouviu-se a reprimenda dela a Piotr, por não lhe terem comunicado a chegada do médico.

Ela entrou, beijou o marido e imediatamente começou a demonstrar que se levantara havia muito tempo e que tinha sido apenas por um mal-entendido ela não estar ali quando o médico chegou.

Ivan Ilitch olhou para ela, examinou-a e repreendeu-a pela brancura, pela maciez e pela pureza de suas mãos e do pescoço, pelo brilho dos cabelos e dos olhos cheios de vida. Ele a odiava com todas as suas forças. E o contato dela o fez sentir uma maré de ódio por ela.

A atitude de Praskóvia Fiódorovna perante a doença de Ivan Ilitch ainda era a mesma. Assim como o médico tinha uma atitude para com os doentes, da qual ele não conseguia despir-se, ela também tinha uma atitude em relação a Ivan Ilitch, culpando-o por algo que ele não estava fazendo, e ela amavelmente o repreendia, pois já não podia despir-se daquela atitude com ele.

– Pois ele não me escuta! Não toma os remédios no horário. E o mais importante é que se deita com as pernas para cima, o que talvez seja prejudicial para ele.

Ela contou como ele fazia Guerássim segurar-lhe as pernas.

O médico sorriu com desdém:

– Bem, dizem que esses doentes inventam de fazer tais besteiras, às vezes, mas deve-se perdoar.

Quando o exame terminou, o médico olhou para o relógio, e Praskóvia Fiódorovna anunciou a Ivan Ilitch que, mesmo ele não querendo, havia convidado um célebre especialista para examiná-lo, e, com Mikhail Danílovitch (seu médico regular), eles examinariam e discutiriam o caso.

– Você não se oponha, por favor! Estou fazendo isso por mim – disse com ironia, dando a entender que fazia tudo para ele e assim não lhe dava o direito de recusar. Ele se calou e fechou a cara. Sentia que aquela mentira que o circundava confundia-lhe tanto que já era difícil entender alguma coisa.

Praskóvia Fiódorovna fazia tudo por interesse próprio, mas, ao afirmar enfaticamente que fazia somente por ela, e não por ele, como se fosse uma coisa tão inacreditável, instigava-o a entender de forma inversa.

Realmente, o célebre especialista chegou às onze e meia. Outra vez auscultas e conversas entremeadas de termos técnicos, ora na frente do doente, ora no outro quarto, a respeito do rim e do ceco, que não funcionavam como deveriam. Foram muitas perguntas e respostas, sempre em tom profissional, mas nenhuma delas abordava a questão sobre a vida e a morte de Ivan Ilitch – para eles, só o que importava era que o rim e o ceco estavam se comportando com rebeldia, mas Mikhail Danílovitch e o célebre especialista prometiam corrigir esse desacerto.

O célebre especialista despediu-se com uma aparência séria, mas não sem esperança. E, à tímida pergunta que Ivan Ilitch elaborou com os olhos levantados para ele, com um brilho de medo e esperança – se havia a possibilidade de recuperação –, respondeu que não podia garantir, mas que a possibilidade existia. O olhar esperançoso que Ivan Ilitch direcionou ao médico era tão lamentável que Praskóvia Fiódorovna, ao vê-lo, até começou a chorar, saindo por uma das portas do escritório para pagar o honorário ao famoso médico.

A elevação do espírito produzida pelo encorajador médico não durou muito tempo. Mais uma vez, no mesmo quarto, as mesmas fotografias, cortinas, papel de parede, frascos e o seu mesmo corpo dolorido e sofrido. E Ivan Ilitch começou a gemer; prepararam-lhe uma injeção, e ele adormeceu.

Quando acordou, começava a anoitecer. Trouxeram-lhe o jantar. Ele tomou um caldo de carne com dificuldade; e outra vez a mesma coisa, e novamente entrava a noite.

Após o jantar, às sete horas, Praskóvia Fiódorovna entrou no quarto dele, vestida para a noite, com os seios volumosos apertados e com pó no rosto. Pela manhã, ela o havia avisado de que eles tinham de ir ao teatro. Sarah Bernhardt acabara de chegar à cidade, e eles possuíam um camarote que ele insistira que comprassem. Agora havia se esquecido disso, e a roupa dela o ultrajava. Mas escondeu o seu ultraje quando se lembrou de que ele mesmo insistira para que adquirissem o camarote e fossem, porque era um prazer estético e educativo para as crianças.

Praskóvia Fiódorovna entrou cheia de si, mas como se fosse culpada de alguma coisa. Ela sentou-se, perguntou de sua saúde, apenas por perguntar, como ele bem percebia, e não para saber de fato, já que não havia nada para saber, e logo começou a dizer o que realmente queria: que ela não pretendia ir, mas que o camarote estava comprado, e iriam Helen, a filha, e Petróvitch (o juiz de instrução e noivo da filha), e que não seria adequado deixá-los ir sozinhos; e que para ela seria mais agradável ficar com ele; e que, na ausência dela, ele não se esquecesse de seguir as instruções do médico.

– Ah, e mais uma coisa: Fiódor Petróvitch – o noivo – gostaria de vê-lo. E Lisa também. Eles podem entrar?

– Deixe-os entrar.

A filha entrou elegantemente vestida, com o seu jovem corpo exposto num decote. Ela era forte e saudável e obviamente estava apaixonada e indignada com a doença, o sofrimento e a morte, pois atrapalhavam sua felicidade.

Também entrou Fiódor Petróvitch de fraque e cabelos frisados *à la* Capoul[25], com o pescoço longo e vigoroso, contornado firmemente por um colarinho branco, um grande peitilho branco e calças pretas apertadas cobrindo suas fortes coxas, com luvas brancas rebuscadas e um claque nas mãos.

Movendo-se atrás dele, sem ser notado, estava o estudante em um uniforme novinho, coitadinho, com luvas e um terrível arroxeado sob os olhos, cujo significado Ivan Ilitch conhecia bem.

O filho sempre lhe pareceu um coitado, e seu olhar assustado e condolente era terrível. Além de Guerássim, parecia a Ivan Ilitch que apenas Vássia[26] o entendia e sentia pena dele.

Todos se sentaram e lhe perguntaram outra vez da saúde. Houve um silêncio. Lisa perguntou à mãe dos binóculos. Houve uma briga entre a mãe e a filha a respeito de quem guardara os binóculos. Foi desagradável.

Fiódor Petróvitch perguntou a Ivan Ilitch se ele já havia visto Sarah Bernhardt. Ivan Ilitch não percebeu de início a pergunta, mas depois disse:

– Não, e você?

– Sim, em *Adrienne Lecouvreur*[27].

Praskóvia Fiódorovna disse que ela estava muito bem naquela peça. A filha se opôs e começou uma conversa a respeito da graça

[25] Joseph Victor Amédée Capoul, cantor francês de ópera, famoso no século XIX. (N.T.)

[26] Diminutivo de Vassíli. (N.T.)

[27] Peça de teatro francesa que retrata a vida da atriz de mesmo nome. (N.T.)

e do realismo que a atriz incutia a algumas cenas; aquela mesma conversa de sempre.

No meio da conversa, Fiódor Petróvitch olhou para Ivan Ilitch e calou-se. Os outros o olharam e calaram-se. Ivan Ilitch olhava para a frente, com os olhos brilhantes, claramente indignado com eles. Era preciso fazer algo, mas já não era possível. De alguma forma, precisavam interromper aquele silêncio. Ninguém ousou, e todos ficaram com medo de que a decorosa mentira ficasse evidente, e então ficaria claro que ela existia. Lisa tomou a decisão e irrompeu o silêncio. Queria esconder aquilo que todos sentiam, mas deixou escapar.

– Bem, *se é para irmos*, então já está na hora – disse ela, olhando para o seu relógio, presente do pai, deu um sorriso quase imperceptível para o jovem rapaz, algo conhecido apenas por eles, e levantou-se fazendo ruído com o vestido.

Todos se levantaram, despediram-se e saíram.

Ivan Ilitch parecia sentir-se mais leve com a saída deles: a mentira não ficou, saiu com eles, mas a dor permaneceu, aquela mesma dor e aquele mesmo medo que tornavam tudo enfadonhamente igual.

Mais uma vez, passou minuto a minuto, hora a hora, tudo igual e tudo sem final, e mais se aproximava o inevitável fim.

– Sim, chame Guerássim! – respondeu ele a uma pergunta de Piotr.

9

A esposa retornou tarde da noite. Ela entrou na ponta dos pés, mas ele a ouviu: abriu os olhos e fechou-os rapidamente. Ela queria dispensar Guerássim e sentar-se com ele. Ele abriu os olhos e disse:

– Não. Vá!

– Está com muita dor?

– Tudo igual.

– Tome ópio.

Ele aceitou e tomou. Ela saiu.

Até cerca de três horas da manhã, ele ficou prostrado em uma dolorosa inconsciência. Parecia-lhe que o empurravam com força para algum lugar dentro de um saco preto, estreito e profundo, e cada vez mais o empurravam sem conseguir chegar ao fundo. E aquela coisa terrível para ele era acompanhada de sofrimento.

Ele lutava, mas também queria afundar-se ali; lutava contra aquilo, ao mesmo tempo que cooperava. De repente, eis que o saco rasgou, ele caiu e acordou. Guerássim estava sentado do mesmo jeito ao pé da cama, cochilando tranquila e pacientemente. E Ivan Ilitch estava deitado, com as pernas emaciadas erguidas sobre os ombros de Guerássim. A mesma vela queimava no castiçal, e a dor persistia.

– Vá embora, Guerássim! – sussurrou ele.

– Nada disso, senhor, fico aqui.

– Não, vá embora!

Tirou as pernas, colocou-as de lado e começou a sentir pena de si mesmo. Esperou apenas que Guerássim fosse para o cômodo ao lado e, não se segurando mais, chorou como uma criança. Ele chorava o seu desamparo, a sua terrível solidão, a crueldade das pessoas, a crueldade e a ausência de Deus.

"Por que você fez isso? Por que me trouxe aqui? Por que, por que me atormenta de forma tão terrível?"

Ele nem esperou a resposta e chorou pelo fato de não haver nem poder haver uma resposta. A dor aumentou novamente, mas ele não se agitou nem chamou ninguém. Dizia para si mesmo: "Bata, pode bater mais! Mas por quê? O que eu fiz para você? O quê?".

Depois, ficou em silêncio, parou não apenas de chorar como também de respirar, e fez-se todo atenção: como se ele prestasse atenção não na voz que emite sons, mas na voz da alma, no curso dos pensamentos que aumentavam nele.

– Do que você precisa? – foi o primeiro questionamento claro, possível de ser expresso em palavras, que ele ouviu. – Do que você precisa? Do quê? – repetiu para si mesmo. – Do quê? Não sofrer. Viver – respondeu ele.

E mais uma vez ele rendeu-se com toda a atenção, de maneira tão tensa, que nem mesmo a dor pôde entretê-lo.

– Viver? Viver como? – perguntou a voz interior.

– Sim, viver, viver como eu vivia antes: bem, muito bem, de maneira agradável.

– Como você vivia antes, bem e de maneira agradável? – perguntou a voz.

E ele começou a consultar em sua imaginação os melhores momentos de sua agradável vida. Mas – que coisa estranha – todos aqueles melhores momentos de sua agradável vida não pareciam, agora, tão bons quanto antes. Tudo, exceto as primeiras recordações da infância. Lá na infância havia algo realmente agradável, com o qual poderia viver, se retornasse. Porém, aquela pessoa, que havia experimentado algo agradável, já não existia: era como se a lembrança fosse de outro.

Quando começou a relembrar aquilo que fizera dele o que era naquele momento, tudo que antes lhe parecia felicidade, agora se esvaía diante de seus olhos e se transformava em algo insignificante e, muitas vezes, repugnante. E, quanto mais longe da infância e mais perto do presente, mais insignificante e duvidosa era a alegria. Havia começado com a Faculdade de Direito. Lá ainda houve algo verdadeiramente bom: era divertido, havia amizade, havia esperança. Contudo, nas altas rodas sociais, esses bons momentos já eram mais raros. Mais tarde, durante o primeiro serviço com o governador, outra vez surgiram bons momentos: foram as lembranças do amor à mulher. Depois tudo aquilo se misturou, e ficou bem pouco dos bons momentos. Mais adiante, ainda menos desses momentos, e, quanto mais adiante, menos restava.

O matrimônio... fora tão sem querer, e a desilusão, e o hálito da esposa, e a sensualidade, a dissimulação. E aquela vida monótona, e aquelas preocupações com dinheiro, e assim um ano, dois, dez, vinte, todos iguais. E quanto mais vida, mais monótona. "Eu ia exatamente montanha abaixo, imaginando que estivesse escalando a montanha. E assim foi. Na opinião pública, eu estava escalando a montanha, e era exatamente assim que a vida escapava sob os meus pés... E agora está pronto, morra!"

"Então o que é isso? Para quê? Não pode ser. Não pode ser que a vida seja tão sem sentido e repugnante. E, se ela fosse assim tão repugnante e sem sentido, por que então morrer, e morrer sofrendo? Alguma coisa está errada."

"Talvez eu não tenha vivido como deveria?", veio-lhe de repente à cabeça. "Mas como estaria errado, se eu fazia tudo corretamente?", disse para si mesmo e imediatamente afugentou de si, como algo totalmente impossível, a única solução de toda a charada da vida e da morte.

"O que você quer agora, então? Viver? Viver como? Viver como você vive no tribunal, quando o oficial de justiça proclama: 'A sessão está aberta!' A sessão está aberta, está aberta a sessão", repetiu para si mesmo. "Aqui está ele, o juiz! E eu não sou o culpado!", gritou com malícia. "Para quê?" Então parou de chorar e, virando-se de frente para a parede, começou a pensar sobre a mesma coisa: "Para quê? Por que todo este horror?".

Mas, não importava o quanto pensasse, ele não encontrava a resposta. E, quando ela vinha, como sempre ocorria, de que tudo aquilo acontecia porque ele não tinha vivido de forma correta, ele imediatamente se lembrava de toda a lisura de sua vida e afugentava aquela ideia estranha.

10

Passaram-se mais duas semanas. Ivan Ilitch já não conseguia se levantar do sofá. Ele não queria se deitar na cama e deitava-se no sofá. E, deitado quase sempre virado para a parede, ele sofria sozinho todos os mesmos tormentos não resolvidos, e sozinho pensava em todos os mesmos problemas não resolvidos. "O que é isso? Será verdade que é a morte?" Uma voz interior respondia: "Sim, é verdade". "Por que esses tormentos?" E a voz respondia: "É assim, não há motivo. Não há nada além disso".

Desde o início da doença, desde que Ivan Ilitch fora ao médico pela primeira vez, sua vida dividira-se em dois estados de espírito opostos, que se alternavam: um era o desespero e a expectativa de uma morte obscura e horrível; o outro era a esperança e o interesse em monitorar as atividades de seu corpo. Ora diante dos olhos aparecia um rim ou o ceco, que por um tempo se desviaram do desempenho de seus deveres, ora era uma morte obscura e horrível, da qual ninguém pode escapar. E, quanto mais a doença avançava, mais ele duvidava do seu rim, e mais real era a consciência da morte iminente.

Bastava-lhe comparar o que ele era três meses atrás com o que era naquele momento; lembrar como ele descia a montanha, para que se destruísse toda a possibilidade de esperança.

Nos últimos tempos daquela solidão, deitado com o rosto virado contra o encosto do sofá, naquela cidade populosa e cercado de inúmeros conhecidos e da família, porém, na mais completa solidão, que não se poderia ter em lugar algum, nem no fundo do mar, nem sob a terra, Ivan Ilitch vivia apenas das lembranças do passado. Uma após a outra, apresentavam-se a ele as imagens de seu passado. Começava sempre do momento mais próximo e ia até o mais distante, até a infância, e nela ele parava. Se Ivan Ilitch pensava nas ameixas secas cozidas que pouco tempo atrás lhe haviam oferecido para comer, logo se lembrava das ameixas secas cruas e enrugadas da infância, com seu sabor especial, de dar água na boca, quando se chegava ao caroço, e, junto dessa lembrança do sabor, surgia uma série de recordações daquele tempo: a babá, o irmão, os brinquedos. "Não, não devo pensar nisso... é doloroso demais", Ivan Ilitch disse a si mesmo e outra vez se transportou para o presente – o botão no encosto do sofá e as rugas do marroquim. "O marroquim é caro e frágil; houve uma briga por causa dele. Mas houve outro tipo de marroquim e outro tipo de briga, quando rasgamos a pasta de papai e fomos punidos, e depois a mamãe trouxe *pirojki* às escondidas." E mais uma vez Ivan Ilitch parou na infância, e mais uma vez sentiu dor, e ele tentava afugentá-la e pensar em outra coisa.

E mais uma vez ali mesmo, junto daqueles pensamentos, em sua alma havia outro fluxo de lembranças, a respeito de como se agravava e crescia sua doença. Quanto mais longe no passado, mais vida havia. Havia mais bondade na vida, e havia mais da própria vida. Ambas se fundiam. "Assim como os tormentos, toda a vida também ia de mal a pior", pensava ele. "Um ponto de luz lá atrás, no começo da vida, e então tudo cada vez mais negro e cada vez mais rápido, inversamente proporcional ao quadrado da distância da morte", pensou Ivan Ilitch. E a imagem de uma pedra caindo com uma velocidade crescente calou em sua alma.

A vida e a série de sofrimentos crescentes voavam cada vez mais rápido rumo ao fim, para o terrível sofrimento. "Eu estou voando..." Ele estremecia, movia-se, queria resistir, mas já sabia que isso era impossível, e mais uma vez estava cansado de olhar, mas não era capaz de resistir a observar aquilo que diante dele se apresentava. Os olhos fixavam-se no encosto do sofá, e ele esperava, esperava aquela queda terrível, o choque e a destruição. "É impossível resistir", dizia para si mesmo. "Se pudesse ao menos entender o porquê disso. Mas não posso. Se fosse possível explicar, se pudesse dizer que eu não vivi como deveria. Mas já não é possível reconhecer isso", refletiu, lembrando-se de toda a legalidade, da regularidade e do decoro de sua vida. "Já é impossível esconder isso", falou para si mesmo, sorrindo com os lábios como se alguém pudesse ver aquele seu sorriso e ser enganado por ele. "Não há explicação! O tormento, a morte... Para quê?"

11

Outras duas semanas passaram, e nesse tempo aconteceu aquilo que Ivan Ilitch e sua esposa desejavam: Petróvitch fizera um pedido formal de casamento. Foi à noite. No dia seguinte, Praskóvia Fiódorovna foi até o marido, refletindo sobre como anunciar-lhe o pedido de casamento de Fiódor Petróvitch, mas Ivan Ilitch tivera uma nova mudança para pior. Ela o encontrou no mesmo sofá, mas em uma nova posição. Ele estava deitado de costas, gemia e olhava para a frente com olhar fixo.

Ela começou a falar dos medicamentos. Ele desviou o olhar para ela. Ela não terminou o que tinha começado, tal era a maldade expressa, diretamente para ela, naquele olhar.

– Pelo amor de Cristo, deixe-me morrer em paz! – pediu ele.

Ela queria sair, mas justo naquele momento entrou a filha e foi cumprimentá-lo. Ele olhou da mesma forma para a filha, como havia olhado para a esposa, e, à pergunta sobre como estava a saúde, respondeu secamente que em breve iria deixá-las livres dele. Ambas se calaram, ficaram um pouco e saíram.

– Somos culpadas de quê? – questionou Lisa à mãe. – Como se nós tivéssemos feito isso! Tenho pena do papai, mas por que nos atormentar?

O médico chegou no horário de costume. Ivan Ilitch respondia--lhe apenas "sim" e "não", sem afastar dele os olhos de raiva. Ao final, disse:

– Pois você sabe que nada vai ajudar, então me deixe!

– Podemos aliviar seu sofrimento – disse o médico.

– Nem isso você pode. Deixe-me!

O médico saiu da sala de estar e informou a Praskóvia que Ivan Ilitch estava mal e que só havia um meio, o ópio, para aliviar-lhe os sofrimentos, que deviam ser terríveis.

Era verdade, porém, ainda mais terríveis do que os sofrimentos físicos eram os sofrimentos morais, e aquilo era o principal tormento.

Os sofrimentos morais de Ivan Ilitch consistiam naquilo que, naquela noite, olhando para as proeminentes maçãs do rosto sonolento e bem-humorado de Guerássim, de repente lhe veio à cabeça: e se, na verdade, toda a sua vida, a vida consciente, tivesse sido errada?

Veio-lhe à cabeça que aquilo que antes lhe parecia impossível, isto é, que ele não vivera a vida como deveria, poderia ser verdade. Veio-lhe à cabeça que aqueles quase imperceptíveis ímpetos de luta contra aquilo que as pessoas das altas classes sociais consideravam bom, os ímpetos quase imperceptíveis que ele imediatamente afugentava de si, podiam ser verdadeiros, e todo o restante podia ser incorreto. Tanto seu serviço quanto a organização de sua vida, a família, aqueles interesses da sociedade e do serviço, tudo aquilo podia ser incorreto. Ele tentou proteger tudo aquilo diante de si. E, de repente, sentiu toda a fraqueza daquilo que ele protegia. E não havia nada a defender.

"Mas, se é assim", pensou, "se eu partirei desta vida com a consciência de que destruí tudo aquilo que me foi dado, e de que não é possível corrigir, então, e daí?" Ele deitou-se de costas e começou a examinar completamente toda a sua vida.

Quando notou o lacaio pela manhã, depois a esposa, depois a filha, depois o médico, cada movimento deles, cada palavra deles confirmava a terrível verdade que lhe fora revelada durante a noite. Ele se via neles, e via neles tudo aquilo que ele vivera, e via claramente que tudo estava incorreto, que tudo aquilo fora um terrível, um grande engano que a vida e a morte escondiam. Aquela consciência aumentou, decemplicou seu sofrimento físico. Ele gemeu, mexeu-se e puxou sua roupa. Pareceu-lhe que ela o sufocava e esmagava. E por isso ele os odiava.

Deram-lhe uma grande dose de ópio, e ele adormeceu; porém, no jantar, seus sofrimentos recomeçaram. Ele afastou todos para longe de si e se mexia de um lado para outro.

A mulher veio a ele e disse:

– Jean, querido, faça isso por mim (por mim?)! Isso não pode fazer mal, mas muitas vezes ajuda. Olha, isso não é nada. Muitas vezes, as pessoas saudáveis…

Ele abriu amplamente os olhos.

– O quê? Receber a comunhão? Para quê? Não precisa! Mas, por outro lado…

Ela começou a chorar.

– Sim, meu querido? Eu chamarei o nosso sacerdote. Ele é tão querido…

– Maravilha, muito bem – disse ele.

Assim que veio o sacerdote, ele se confessou e se acalmou, sentiu-se como se estivesse aliviado de suas dúvidas e, consequentemente, de seus sofrimentos, e encontrou um momento de esperança. Tornou a pensar no ceco e na possibilidade de corrigi-lo. Recebeu a comunhão com lágrimas nos olhos.

Quando o deitaram após a comunhão, ele ficou por um minuto tranquilo, e mais uma vez manifestou-se a esperança de vida. Começou a pensar na operação que ofereceram a ele. "Viver, quero viver", disse para si mesmo. A esposa veio cumprimentá-lo; ela disse as palavras de sempre e acrescentou:

– Não é verdade que você está melhor?

Sem olhar para ela, ele disse "sim".

Suas roupas, sua resignação, a expressão de seu rosto, o som de sua voz, tudo isso lhe dizia uma coisa: "Incorreto. Tudo aquilo que você viveu e está vivendo é mentira, engano, escondendo de você a vida e a morte". E, assim que ele pensou nisso, aumentou o seu ódio e, junto do ódio, o sofrimento físico torturante e, com o sofrimento, a consciência inevitável da proximidade da ruína. Aconteceu algo novo: alguma coisa dava voltas, ele sentiu dores agudas e falta de ar.

A expressão de seu rosto, quando ele falou "sim", foi horrível. Depois de falar aquele "sim", olhando-a diretamente nos olhos, virou o rosto com uma rapidez extraordinária, por seu estado de fraqueza, e gritou:

– Vá embora, vá embora, deixe-me!

12

A partir daquele momento, começaram três dias de gritos incessantes, tão terríveis que, mesmo através de duas portas fechadas, não podiam deixar de ouvi-los com horror. Naquele momento em que respondeu à esposa, entendeu que era o fim, que não havia retorno, que chegara o fim absoluto, e a dúvida não havia sido sanada, a dúvida permanecia.

– Ai! Ai! Ai! – gritava ele em diferentes entonações. Ele começava a gritar "Não quero!" e continuava com aqueles ais até não mais poder.

Todos os três dias, durante os quais, para ele, não havia tempo, ele rolava dentro daquele saco preto, para dentro do qual uma força superior e invisível o empurrara. Ele lutava, como luta um condenado à morte nas mãos do carrasco, sabendo que não pode se salvar;

e a cada minuto ele sentia que, apesar de todos os esforços da luta, estava cada vez mais próximo daquilo que o aterrorizava. Sentia que o seu tormento era porque estava sendo empurrado para aquele saco preto, e ainda mais porque não podia entrar nele de uma vez. O que o impedia de entrar era o reconhecimento de que a sua vida havia sido boa. Essa justificativa o fazia agarrar-se à sua vida, não o deixava seguir em frente e o atormentava mais do que tudo.

De repente, algum tipo de força o golpeou no peito, comprimindo ainda mais a sua respiração. Ele entrou no saco e lá, no fundo, algo se iluminou. Aconteceu com ele aquilo que acontece no vagão de um trem, quando se pensa que está indo para a frente, mas está indo para trás e, de repente, percebe-se a verdadeira direção.

– Sim, tudo estava incorreto – disse ele –, mas isso não é nada. Você pode, você pode fazer "o certo". O que é "o certo"? – perguntou para si mesmo e, de repente, ficou em silêncio.

Isso foi no final do terceiro dia, uma hora antes de sua morte. Naquele mesmo momento, o estudante esgueirou-se furtivamente até o pai e aproximou-se de sua cama. O moribundo desesperadamente gritava o tempo todo e agitava os braços. Sua mão caiu sobre a cabeça do filho. Este a agarrou, apertou-a contra os lábios e começou a chorar.

Ao mesmo tempo, Ivan Ilitch despencou, notou a luz e confessou que sua vida não fora como deveria ter sido, mas que aquilo ainda podia melhorar. Perguntou a si mesmo: "O que é correto?", e ficou em silêncio, prestando atenção. Então sentiu que alguém lhe beijava a mão. Ele abriu os olhos e olhou para o filho. Sentiu pena dele. A mulher se aproximou. Ele olhou para ela. Ela olhava para ele, com a boca aberta, lágrimas escorrendo pelo nariz e pelas bochechas, com uma expressão desesperada. Ele começou a sentir pena dela.

"Sim, eu os estou torturando", pensou ele. "Eles sentem pena, mas estarão melhores quando eu morrer". Ele queria dizer aquilo, mas não tinha forças para dizer. "No entanto, para que falar? É preciso fazer", pensou ele. Com o olhar, apontou o filho para a esposa e disse:

– Leve-o daqui... Tenho pena dele. E de você também... – Ele também queria se desculpar, mas, sem forças, apenas acenou com a mão, sabendo que seria entendido.

De repente, ficou claro para ele que aquilo que o atormentava e o oprimia estava saindo de seu corpo, escoando por todos os lados de uma vez. "Sinto pena deles. É preciso fazer com que não seja doloroso para eles. Livrá-los e livrar a mim mesmo de meus sofrimentos. Como é bom e como é fácil!", pensou. "Mas e a dor? Para onde ela foi? Bem, dor, onde está você?"

Ele começou a prestar atenção.

"Sim, aqui está ela. Bem, deixe a dor."

"E a morte? Onde ela está?"

Ele estava procurando o seu antigo e habitual medo da morte e não o encontrava. "Onde está? Que morte?" Não havia medo algum, porque não havia morte.

Em vez da morte, havia luz.

– Então é isso! – disse ele de repente, em voz alta. – Que alegria!

Para ele, tudo aconteceu em um instante, e o significado daquele instante já não se alteraria. Para os que o cercavam, a sua agonia se estenderia ainda por duas horas. Algo pululava em seu peito; seu corpo exausto estremecia. Então, tornaram-me mais raros os estertores e os estremecimentos.

– Acabou! – falou alguém perto dele.

Ele escutou aquelas palavras e as repetiu em sua alma. "A morte acabou. Ela não existe mais."

Ele puxou o ar para si, parou na metade do suspiro, enrijeceu e morreu.